무당신마

武當神魔

양경 신무협 장편소설

3

ORIENTAL FANTASYSTORY & ADVENTURE

dream
books
드림북스

무당신마 3

초판 1쇄 인쇄 / 2015년 1월 28일
초판 1쇄 발행 / 2015년 2월 4일

지은이 / 양경

발행인 / 오영배
책임편집 / 편집부
펴낸 곳 / (주)삼양출판사 · 드림북스

주소 / 서울시 강북구 도봉로 173, 캠프 6층
대표 전화 / 02-980-2112 팩스 / 02-983-0660
편집부 전화 / 02-980-2116 팩스 / 02-983-8201
블로그 / blog.naver.com/dreambookss

등록번호 / 제9-00046호
등록일자 / 1999년 3월 11일

ⓒ 양경, 2015

값 8,000원

ISBN 979-11-313-0212-5 (04810) / 979-11-313-0209-5 (세트)

* 지은이와 협의하에 인지는 생략합니다.
* 잘못된 책은 구입한 곳에서 바꾸어 드립니다.

이 도서의 국립중앙도서관 출판시도서목록(CIP)은 서지정보유통지원시스템홈페이지
(http://seoji.nl.go.kr)와 국가자료공동목록시스템(http://www.nl.go.kr/kolisnet)에서
이용하실 수 있습니다. (CIP제어번호: 2015002618)

양경 신무협 장편소설

ORIENTAL FANTASYSTORY & ADVENTURE

무당신마

3

dream
books
드림북스

목차

무당신마

第一章

　높이 반 장(丈). 가로세로 여섯 장의 정육각형 목재 단
상.

　비무대다.

　"많이도 왔군."

　비무대 위에 올라서 주위를 둘러보던 이현은 혀를 내둘
렀다.

　비무가 보일까 싶을 만큼 저 먼 곳까지 사람들로 가득 차
있었다.

　오늘부터 치러질 오검연 비무 본선을 구경하기 위해 몰
려든 사람들이다. 개중에는 무림인도 있었고, 무공을 익히

지 않은 일반 양민도 있었다.

"호! 재미있는 것도 많군."

감탄하던 이현의 두 눈이 반짝였다.

몰려든 구경꾼들 틈으로 몇몇 재미있는 모습들이 포착되었다.

가느다란 은사가 나뭇가지 위에 널려 있었다. 얼핏 보기에도 은사는 무당산 아래까지 길게 이어진 모습이다.

뿐만이 아니다.

구경꾼들 틈에도 이상한 모습이 포착되었다.

구경꾼들 틈에 섞인 마흔 줄의 사내의 두 눈에 시퍼런 불빛이 번쩍이고 있었다. 이마에는 붉은 불빛이 깜빡인다.

사람 눈에 불이 들어오는 것만으로도 신기한 일이다. 하물며 붉은 점이 깜빡이고 있으니 그 또한 특이한 일이다.

공력을 이용한 독특한 무공을 펼치고 있는 것이리라.

그런데 전혀 위협적인 모습은 없다.

움직이는 공력 또한 딱히 막대하다는 느낌은 들지 않는다.

'뭐하는 짓일까?'

호기심을 자극한다.

대체 지금 무엇을 하길래 쓸데없이 공력을 낭비하고 있는 것인지 확인해 보고 싶다.

분명 이현이 알지 못하는 무공일 것이다.

혈천신마 때부터 지금까지 평생을 무공에 바쳐 온 이현이니 만큼 호기심은 점점 더 강하게 일어나고 있었다.

"대 남궁세가 창천백검대 소속 남궁정걸이오. 본가의 공자께서 신세를 지셨다 들었소."

애석하지만 호기심 충족은 다음으로 미루어야 했다.

지금은 비무 중이다.

들려오던 목소리에 이현의 시선이 돌아갔다.

스스로 남궁정걸이라 소개한 사내의 모습이 눈에 들어온다.

서른 초반의 외모.

키는 이현보다 머리 두 개는 더 클 듯싶다. 커다란 몸통은 둘째치고 소매 틈으로 드러난 팔목만 하더라도 어지간한 사내 손목보다 굵다.

전형적인 역사(力士)의 몸이다.

피식!

이현은 웃었다.

"신세? 요즘은 남의 문파에서 깽판 치다 박살 난 걸 신세라고 하나 보지?"

남궁정걸이 말하는 공자가 남궁방위임은 알고 있다.

따지고 보면 이현이 이렇게 비무대 위에 올라선 이유도

남궁방위 때문이 아니던가.

"큼!"

남궁정결이 헛기침을 삼켰다.

설마 그도 이현이 이렇게까지 직설적으로 언급할 것이라고는 예상치 못한 모양이다.

흘깃 주위를 살피는 꼴을 보면, 혹여나 구경꾼들이 이현의 말을 듣지는 않았을까 걱정하는 모습이 역력했다.

"신세에 대한 계산은 팔 하나로 끝나지 않았나? 부족한가?"

"부족하오."

"나는 만족하는데?"

"본가는 만족하지 못하오."

남궁정결의 대답에 이현의 눈매가 싸늘해졌다.

"그래서 이 장난질을 쳤다는 것이군?"

남궁방위가 팔을 잃었다. 그 원한을 갚기 위해 남궁세가는 대진표에 수작을 부렸다.

그것을 묻는 것이다.

"부정하진 않겠소."

"그렇군. 굳이 더 주겠다는데 마다할 필요는 없지!"

이현이 고개를 끄덕이는 사이.

"삼 초를 양보하겠소."

"얼씨구?"

짜증이 스멀스멀 올라왔다.

남궁세가의 수작질로 인해 비무대에 올라온 것도 짜증 나는 일인데, 이제는 삼 초를 양보하겠다고 한다.

본디 비무에 있어 상대에게 삼 초를 양보한다는 것은 본 인이 상대보다 우위에 있거나 강호의 선배라는 것을 뜻했 다.

명백하게 이현을 무시하는 발언이다.

이현의 입가에 미소가 짙어졌다.

"좋아! 양보하겠다니 사양은 안 하지!"

두 눈을 빛내며 두 팔을 걷어붙였다.

자세를 낮추며 두 눈을 빛내는 이현의 기세는 삽시간에 주위를 점령했다.

꿀꺽!

그 팽팽한 긴장감에 마른침을 삼키는 구경꾼들의 목 넘 김 소리가 고요한 비무대 위까지 전해졌다.

"간다!"

탓!

이현이 움직였다.

*　　　*　　　*

"정말 괜찮을까?"

이현이 남궁정걸과 비무대 위에서 무언가 이야기를 주고받고 있을 때.

청화는 걱정스러운 얼굴로 이현을 바라보고 있었다.

"교관님! 힘내세요!"

"교관님 꼭 이기세요!"

이현의 비무를 구경하기 위해 몰려든 소동들의 응원 소리에도 청화는 동참할 수가 없었다.

오늘 아침의 일 때문이었다.

오늘 아침.

청화는 비무 날이 다가왔음을 알리러 이현이 있는 진무관을 찾았다.

이현은 이미 사흘 전부터 비무를 준비하기 위해 진무관 서고에서 두문불출하고 있었다.

그리고.

청화는 보았다.

'사질은 기본공만 살폈어.'

무수히 많은 비급이 잠들어 있는 진무관이다.

개중에는 무당파의 것도 있고, 무당파가 수집한 것들도 있다.

하지만 그 많은 비급들이 열람되는 경우는 흔치 않다.

무공이라는 것이 본디 비급만으로 익힐 수 있는 것이 아니다. 아니, 비급만으로도 충분히 익힐 수 있다. 다만 그것은 아주 위험한 행동일 뿐이다.

몸 안의 기운을 다루는 일이다. 비급에 적힌 요결을 따라 몸을 움직이는 일이다.

미세한 경로의 차이. 강약의 차이.

아무리 친절한 설명이 깃들어진다 해도 단지 문장 몇 개와 그림 몇 점으로 그 미세한 변화를 설명할 수는 없다.

진무관의 비급을 열람하는 일이 흔치 않은 것 또한 그 때문이다.

보안의 문제이기도 하지만, 익히는 이의 안전에 대한 문제이기도 했다.

스승이 직접 공을 들여 무공을 직접 전수하는 이유 또한 거기에 있었다.

그래서 진무관 서고에 가득 찬 비급서들은 하얀 먼지를 뒤집어쓰고 있다.

꺼내 보는 이가 없으니 먼지만 쌓이는 것이다.

그런데.

이현이 들어갔다.

사흘 동안 외출 한 번 없이 비급을 살폈으니 비급 위에 쌓인 먼지 또한 사라져야 함이 옳다.

실제로도 사라졌다.

기본 무공의 비급이 있는 첫 번째 책장만.

'나머지는 그대로였어.'

손댄 흔적도 없다. 심지어 발자국조차 첫 번째 책장에만 남아 있을 뿐이다.

고급 무공은 거들떠도 안 봤다는 이야기다.

그것이 청화가 걱정하는 이유다.

그러는 사이.

"간다!"

비무대 위에 있던 이현이 움직이기 시작했다.

*　　　*　　　*

"괘, 괜찮을까?"

"그, 그렇지 않을까요? 알지 않습니까. 그분이 얼마나 강한지는."

"제기랄! 알기야 알지! 하지만 상대도 남궁세가 출신이잖아. 이거 까딱 잘못하면 전 재산 다 날리게 생겼다고!"

청화가 이현을 걱정하는 것처럼.

등도촌에서도 이현을 걱정하는 사람이 있었다.

간저와 대두다.

비무는 돈이 된다.

몰려드는 구경꾼들을 대상으로 한 술장사와 도박만으로도 한 해 수익은 거뜬하다.

하지만 누가 무어라 해도 최고의 수익 상품은 따로 있다.

이른바 투투(鬪投).

싸움에 돈을 던진다.

비무의 승패 결과에 돈을 거는 내기를 뜻한다.

걸린 돈의 비율에 따라 배당금이 결정되는데, 적게는 본전을 조금 넘는 수준에서 많게는 수백 배의 이익을 얻을 수 있는 일이다.

투투는 지금 비무가 벌어지는 무당파는 물론, 이곳 등도 촌까지 벌어지고 있었다.

그 일을 주관하는 것이 암흑가를 지배하는 간저패의 일이다. 간저패는 이 투투를 위해 많은 투자를 아끼지 않았다.

무림에서도 그 귀하다는 은사를 동원하여 비무장의 소리를 고스란히 옮겨왔다.

"지금 양쪽 다 비무대 위에 올라왔소!"

지금 은사와 연결된 사발에 귀를 처박고 소리친 위인은 천리청음술의 대가인 만리청음 개청이다.

싸움에 관한 무공은 삼류 잡배와 다를 바 없는 위인이지만, 귀가 밝기로는 절대고수 못지않은 사람이다.

그가 오늘 도박장에서의 중계를 담당한다.

사실 그 비싼 은사를 동원해 이런 장치를 만든 것 또한 개청의 능력을 활용하기 위해서다. 지금 은사의 반대편 사발에는 입빠른 호사가가 직접 비무를 보면서 중계하고 있을 것이다.

그뿐만이 아니다.

투투는 다른 주점과 도박장에서도 진행되고 있다.

그에 따른 진행 요원이 필요한 것은 당연지사다.

쌍둥이로 태어나 이원연상공을 익혀 멀리 떨어져 있어도 서로 같은 것을 볼 수 있다는 합격술의 대가 이겸동심(二兼同心) 추가 형제를 고용한 것도, 보패만 그 자리에 있으면 천 리 밖에서도 그곳의 영상을 펼쳐 낼 수 있는 환술(幻術)의 대가 화상통을 고용한 것도 그 때문이다.

물론, 이처럼 독특한 능력을 발휘하는 이들인 만큼 그들을 고용하는 금액 또한 만만치 않다.

지금껏 오검연으로 벌어들인 수익 대부분은 이들의 몸값으로 쓰일 정도다.

하물며.

간저패는 이현 때문에 본의 아니게 장사를 뒷전으로 미

루고 등도촌의 치안 유지에 힘쓴 바 있다.

큰돈을 썼는데 지금까지 벌어들인 수익은 예상보다 훨씬 떨어진다.

그래서 그들도 걸었다.

이현에게.

있는 땅 없는 땅 저당 잡히고, 있는 돈 없는 돈 끌어모아 전 재산을 이현의 승리에 걸었다.

간저는 대두의 손을 꼭 잡고 오늘 이 중계를 맡은 개청의 입술만 뚫어지게 쳐다보았다.

그것은 비단 간저와 대두뿐만이 아니다.

투투에 참가한 모든 이의 신경은 개청의 입술 동작 하나에 온통 집중되어 있었다.

"두 사람이 오늘의 비무에 앞서 진중한 대화를 나누고 있습니다. 비록 거리가 멀어 정확한 대화는 알 수 없으나 서로가 만만치 않은 상대임을 인정하며 승패를 떠나 가진 바 무공을 모두 펼쳐 보일 수 있기를 서로에게 기원하고 있을 것입니다."

개청의 혓바닥이 현란하게 움직였다.

은사를 타고 비무대의 상황을 전하는 호사가의 말을 따라 하는 것뿐이었지만, 개청 또한 자신의 능력을 바탕으로 이런 류의 일을 많이 맡아 본 인물이다.

목소리의 고조를 어떻게 하고, 빠르기와 강약을 어떻게 해야 하는지에 대한 것은 이골이 난 사람이다.

"팽팽한 긴장감이 주위를 엄습해 옵니다. 서로 마주한 두 사람의 눈빛은 한 점의 흔들림 없이 승리에 대한 굳은 의지로 가득 차 있군요. 아! 말씀드리는 이때! 두 사람의 대화가 끝이 난 모양입니다. 지금! 지금 움직이기 시작했습니다."

그래서인지 개청의 목소리는 확실히 분위기를 쥐어 잡고 있었다.

단지 전해지는 상황을 다시 입으로 옮겨 온 것임에도 긴장감을 조성한다.

개청의 입술은 쉴 틈이 없었다.

"남궁정걸이 검을 뽑았습니다. 이현 도인이 자세를 잡고 있습니다! 마치 사냥을 나선 범처럼 날카로운 두 눈을 빛내며 자세를 낮추고 있습니다. 그렇군요! 정황상 남궁정걸이 이현 도인에게 삼 초를 양보한 듯한데요? 통상 무림에서 삼 초를 양보한다는 의미는…… 앗! 움직였습니다! 말씀드리는 순간 이현 도인이……!"

불현듯 개청의 입술이 현란한 움직임을 멈췄다.

마치 얼어버린 것처럼 그 자리에 굳어서 아무런 말도 하지 않는다.

그것이 괜히 긴장감을 끌어 올렸다.

"어, 어찌 되었습니까?"

"맞아! 어떻게 된 건데? 삼 초 양보면? 뭐 별것 없잖아. 어차피 형식적이니까!"

"그래! 괜히 뜸 들이지 말고 하던 중계나 계속하라고!"

갑자기 끊긴 중계에 사람들이 아우성쳤다.

기껏 돈까지 걸고 기대하며 듣고 있었던 중계가 끊겼다는 것이 짜증 나는 듯했다.

"이보시오! 어차피 삼 초 양보라는 것도 형식적이지 않습니까! 비무에서 양보받은 삼 초는 전력을 쏟지 않는다는 것이 무림의 불문율인 것을 내 모를 줄 아시오?"

등도촌이다.

무림의 큰 축인 무당파가 자리한 곳이다. 외부에서 온 구경꾼들 또한 마찬가지다. 무림에 관심이 있으니 여기까지 와서 돈 써 가며 구경하고 있는 것이다.

그러니 무림의 생리는 알 만큼 아는 이들이다.

무림에서 양보받은 삼 초에 전력을 쏟지 않는다는 것은 누구나 아는 불문율이다.

사람들이 짜증을 내는 것도 그 때문이다.

괜히 긴장감을 조성하려고 쓸데없는 곳에서 중계를 끊었다고 여기는 것이다.

"제기랄! 이보시오! 선생! 누구 장사 망하는 꼴 보고 싶어서 이러시오? 누굴 바보 천치로 아나! 그딴 식으로 장난치지 말고 어서 하던 중계나 계속하란 말입니다!"

간저도 버럭 화를 냈다.

괜히 쓸데없는 기교로 도박장 분위기 망쳐 봐야 간저로서는 하등 이득도 없는 일이었다. 아니, 이런 식으로 장난질 쳤다가는 투투를 하기 위해 찾아오는 손님도 줄어 버릴 것이다.

"끄응……!"

간저까지 나서서 타박하자 개청도 더 이상 입을 굳게 다물고 있을 수만은 없는 모습이다.

"……났소."

"뭐를 말이오?"

"……결판이 났소."

비무 결과를 전하는 개청의 얼굴에 짙은 낭패감이 서려 있었다.

그리고.

그것은 다른 도박장과 주점 또한 크게 다를 바가 없었다.

* * *

시간을 잠시 되돌아가서.

개청과 등도촌 투투계를 일대 혼란에 빠트리게 한 원흉.

이현은 막 몸을 날렸다.

사냥을 앞둔 호랑이처럼 움츠렸던 몸을 펼쳤다. 제운종의 묘리를 담아 도약한 높이는 족히 삼 장은 되었었다.

방향은 당연히 남궁정걸이었다.

그리고.

"천근추!"

뚝 떨어졌다.

천근추의 묘리를 이용해 몸의 무게를 무겁게 한 것이다.

연이어 이현의 목소리가 울려 퍼졌다.

비무에 맞게 무공을 펼치기에 앞서 초식명을 먼저 외치는 것이다.

"다연각(多聯脚)!"

무림에 흔히 알려진 기본 무공.

일종의 연환무공으로 순식간에 여러 개의 발길질을 쏟아내는 무공이다.

빠르고 강력하나 변화가 적고 공력의 효력을 담기 힘든 무공이다. 또한, 한 번 펼치면 좀처럼 중간에 멈추거나 회수하기 어려운 무공이기도 했다.

내가 무공이라기보단 내가 무공을 흉내 낸 외가 무공의

일종으로 보는 것이 옳다.

그런 이현의 발길질이 남궁정걸의 턱을 향했다.

공중에서 폭포수처럼 쏟아지는 발길질.

"경솔한 움직임이오!"

남궁세가의 창천백검대 소속인 남궁정걸에게는 너무나 상대하기 쉬운 공격이었다.

삼 초를 양보하지 않았더라면 그대로 검을 내찌르는 것만으로도 이현을 무력화시킬 수 있을 만큼 많은 약점이 노출되는 공격법이기도 했다.

한 수를 보면 상대의 실력을 알 수 있는 법이다.

고작 이 정도 수밖에 펼쳐 내지 못한다면 이현의 수준은 능히 짐작 가고도 남음이다.

남궁정걸의 얼굴에 연민이 깃들었다.

'이참에 남궁세가의 무서움을 깨우치도록 하시오.'

기대에 한참 못 미치는 무위를 가지고 남궁세가와 척을 진 이현을 안타까워했다.

그러나 이미 삼 초를 양보하기로 했다.

스윽!

남궁정걸은 반격을 꾀하기보다는 슬쩍 한 걸음 물러서는 쪽을 택했다.

파파팟!

이현의 발끝에서 허공을 가르는 파공성이 날카롭게 울려 퍼졌다.

하지만 남궁정걸의 두 눈은 고요했다.

턱 끝.

거기서 반 치 앞.

이현의 발끝이 미치는 범위는 딱 거기까지다.

어차피 맞을 리 없으니 긴장할 필요도 없다.

그러는 사이 이현의 발길질은 남궁정걸의 턱을 지나 명치로. 그리고 다시 복부로 내려온다.

그중 어떤 공격도 남궁정걸의 몸에 격중되는 것은 없었다.

그리고.

'자! 이제 어쩔 작정이오?'

남궁정걸의 두 눈에 호기심이 어렸다.

이미 이현이 다연각을 펼치는 순간부터 승패는 결정되었다.

천근추에 다연각. 이제 양보하기로 한 삼 초식 중 두 초식이 지나갔다.

남은 것은 단 일 초식.

공격이 실패하고 난 뒤에 약점이 고스란히 노출되는 다연각을 펼쳤으니 남은 일 초식도 제대로 된 위력을 발휘하긴 어려울 것이다.

아니, 오히려 다연각이 실패로 돌아가면 중심이 흐트러진다. 다음 공격 또한 큰 빈틈을 드러낼 수밖에 없을 것이다.

이제 남궁정걸은 앞으로 이현이 펼칠 남은 일 초를 파훼하고 드러난 빈틈을 공략하는 일뿐이다.

그것으로 이번 비무는 끝이 날 것이다.

남궁정걸은 그렇게 믿었다.

그사이.

텅!

이현의 발끝이 비무대 바닥을 때렸다.

"컥!"

동시에 억눌린 비명이 터져 나왔다.

지금껏 여유로웠던 남궁정걸의 입에서 터져 나온 비명이다.

부릅뜬 두 눈은 핏발이 거미줄처럼 올라와 있었다.

'이, 이게 무슨!'

두 눈에 담긴 감정은 당혹.

그리고 뒤이어 찾아오는 고통.

터더더더더텅!

"으어어어어어억!"

한번 펼치면 좀처럼 중간에 멈추기가 불가능하다는 다연각의 특징답게 이현의 발길질은 여전히 엄한 비무대 바닥을 두드리고 있었다.

남궁정걸의 비명 또한 점점 더 커지고 있었다.

'그, 그만……!'

남궁정걸은 울 듯한 표정으로 바닥을 내려다보고 있었다.

비무대 바닥 때문이다.

남궁정걸이 예상치도 못한 고통에 신음하는 것은 모두 그 때문이다.

비무대 바닥은 일정한 크기로 자른 널빤지들을 이어 붙여 각각의 양 끝과 중심부에 못을 박아 넣어 만든 것이다.

이현의 발길질에 비무대 바닥에 깔린 널빤지가 충격을 이기지 못하고 푹푹 들어갔다 나오기를 반복한다.

그리고 그 반대편 끝은.

정확히 남궁정걸의 낭심을 강타하고 있었다.

다연각이 만들어 낸 빠른 박자감에 맞춰 전해지는 극악한 고통은 남궁정걸의 뇌리를 새하얗게 만들어 버리기 충분했다.

쿵!

"꺼어어억!"

마지막 한 방.

몸속 깊은 곳에서부터 전해지는 고통에 남궁정걸은 속절없이 무너질 수밖에 없었다.

두 눈은 흰자위를 드러내며 까뒤집어진 지 오래고, 다물지 못한 입에서는 새하얀 게거품이 올라왔다.

남궁정걸의 패배.

"……윽!"

동시에 지켜보던 관중 사이에서 짙은 탄식이 터져 나왔다.

남자들에게서 터져 나온 탄식이다.

단지 지켜보는 것만으로도 자신이 그와 같은 고통을 경험하기라도 하는 듯 몸서리치고 있었다.

그들만이 공유하는 고통이다.

그리고.

그들이 공유하는 것은 또 하나 있었다.

'깨졌네. 깨졌어!'

*　　　*　　　*

남궁세가와의 첫 비무부터 못 볼 꼴을 연출한 이현이다.

급소를 공격하는 것은 분명 엄금하고 있다.

양보한 삼 초식 안에 전력을 쏟아 내는 것 또한 무림에서는 지양해야 할 일 중 하나다.

하지만 누구도 이현을 나무랄 수는 없다.

이현이 펼친 것은 다연각.

무당의 무공도 아닌 저잣거리 왈패들도 펼친다는 다연각을 가지고 전력을 쏟았다고 하기는 무리가 있다. 또한, 남궁정걸이 급소인 낭심을 공격당한 것도 이현의 죄가 아니었다.

이현의 다연각은 분명 실패했다. 그것을 한발 물러서서 피한 것은 순전히 남궁정걸의 선택이다. 이후 남궁정걸이 낭심을 공격당하는 것을 알면서도 이현이 멈추지 못한 것도, 한 번 펼치면 중간에 멈추기 어려운 다연각의 성질 때문으로 충분히 설명할 수 있었다.

다분히 찝찝하고 심히 구린 과정이었지만, 누구도 무어라 할 수 없는 것은 이와 같은 이유였다.

빠득!

남궁창위는 이 같은 결과에 이를 갈았다.

복수를 위해 준비했던 비무였다. 그런데 결과는 참혹했다. 창천백검대의 일원이었던 남궁정걸은 아직도 의식을 되찾지 못하고 있었다. 급히 인근의 모든 의원이 달라붙어 치료하고 있지만, 앞으로 멀쩡히 사내구실을 할 수 있을지도 미지수다.

무엇보다.

남궁세가는 오늘의 참혹한 패배로 말하기 좋아하는 이들의 좋은 먹잇감이 되어 버렸다.

지금도 술자리에서 오늘의 일을 두고 농담 삼아 이야기하고는 한다. 시간이 지나면 지날수록 더하면 더했지 덜하지는 않을 것이다.

강한 자존심을 가진 남궁창위에게는 결코 반가운 일이 아니었다.

'노린 것일까?'

단 한 번의 비무로 웃음거리로 전락해 버린 남궁세가.

남궁창위의 시선이 이현을 찾았다.

소동들 틈바구니에 섞여 웃고 있는 이현의 모습이 눈에 들어왔다.

과정이야 어찌 됐든 승리를 했으니, 그 자체로 마냥 즐거운 모습이다.

남궁창위는 한참이나 그 모습을 가만히 응시했다.

그리고 고개를 저었다.

'우연일 뿐이다. 재수가 없었을 뿐이야!'

남궁창위도 이현과 남궁정걸의 비무를 처음부터 지켜봤다.

특별할 것은 없었다.

남궁창위라도 남궁정걸과 같은 선택을 했을 것이다.

그저 운이 없었을 뿐이다.

'요행은 한 번뿐……!'

요행은 한 번도 과분하다.

이현이 웃는 것도, 남궁세가가 치욕을 당하는 것도 이번이 마지막일 것이다.

남궁창위는 그렇게 믿었다.

* * *

이현의 승리는 이번이 마지막이다.

그런 남궁창위의 믿음은 철저히 부서져 나갔다.

이현의 두 번째 비무.

"네깟 놈이 감히 대 남궁세가의 공자님을 모욕했다 들었다! 나 남궁헌강이 절대 용서치 않으리라!"

이현의 두 번째 상대는 역시나 남궁세가의 사람이었다.

비대한 덩치에 걸맞게 입도 걸었다.

심지어 성격마저 급했다.

"하압! 뇌력발검(雷力發劍)!"

다짜고짜 제 할 말만 하고는 선불 맞은 멧돼지처럼 달려들었다.

무소의 뿔처럼 검극을 앞으로 쭉 내민 채 달려오는 기세가 장난 아니다.

정면으로 부딪쳤다가는 어디 하나 부러져도 이상하지 않을 정도다.

이현은 피하지 않았다.

대신.

"원앙각!"

초식명을 외치며 허리를 뒤로 꺾었다. 뒤로 꺾여진 허리와 반대로 오른발은 위로 치켜 올라간다.

다리를 뻗어 들소처럼 달려드는 남궁헌강을 견제하려는 의도처럼 보였다.

"흥! 고작 그따위 술수로 이 남궁헌강을 막을 수 있으리라……!"

남궁헌강 또한 그렇게 생각했는지 자신만만하게 소리쳤다.

작심하고 덤벼들고 있다.

삼류 각법인 원앙각 따위의 견제쯤이야 무시하고 달려들면 그뿐이다.

그럼 이현은 그대로 피곤죽이 되리라.

하지만.

턱!

"억!"

자신만만했던 남궁헌강의 입에서 때아닌 당황성이 터져 나왔다.

원앙각의 영향 때문이었을까.

이현의 오른발에 신겨져 있던 신발이 어느덧 포물선을 그리며 날아가 남궁헌강의 얼굴 위로 착 하고 떨어져 있었다.

아프지는 않을 것이다.

그러나.

얼굴 위로 살포시 안착한 이현의 신발은 남궁헌강의 시야를 가리기에 충분했다.

저돌적인 돌진 중 예상치 못한 순간 가려진 시야.

급히 신형을 세우려 했지만, 이미 가속도가 붙은 마당이다.

멈추고 싶다고 마음대로 멈출 수 있을 리 없다.

쿠당탕탕!

제 풀에 넘어졌다.

"꾸웨에엑!"

선불 맞은 멧돼지처럼 달려들더니 제 풀에 엎어져서는

돼지 멱따는 비명과 함께 데굴데굴 굴러간다.

심지어 비대한 덩치에 어울리게 구르는 것도 어디 한군데 걸리는 것 없이 잘도 굴러갔다.

쿵!

그것으로 끝이다.

"자, 장외! 무당 제자 이현 승(勝)!"

첫 비무 때와 같이 찝찝한 과정이었지만, 어찌 되었든 승자는 이현이었다.

"흥! 고작 몇 번의 요행으로 대 남궁세가의 일족인 이 남궁청원을 상대할 수 있을 것으로 생각하시오? 오시오! 내 무엇이든 막아 낼 것이니!"

이현의 본선 세 번째 비무 상대도 남궁세가의 사람이었다.

중키에 서른에 가까운 나이.

앞서 제 풀에 넘어져 장외 패한 남궁헌강이란 놈과는 달리 차분히 가라앉은 눈빛이 인상적인 사내였다.

그가 먼저 공격하라고 한다.

이현으로서는 마다할 이유가 없었다.

그래서 공격했다.

"충권(衝拳)!"

뚜벅뚜벅 걸어가서 하복부에 그저 무게를 실어 내지르는 것이 전부인 충권을 찔러 넣었다.

변초도 무엇도 없는 삼류권법이다.

남궁청원도 반응했다.

가슴 어림에 세워 두었던 검을 꺾어 충권이 향하는 복부를 가로막았다.

이대로 가다가는 이현의 주먹이 남궁청원의 검에 꿰일 상황이다.

문제는.

"꺽!"

충권은 권을 내지름과 동시에 강력한 진각을 밟아 그 위력을 더하는 공격 초식이라는 점이다.

이현이 밟은 강력한 진각이 그대로 남궁청원의 발을 짓밟아 버렸다.

으두득!

들려오는 소리로는 그대로 발이 부서진 모양이다.

부지불식간에 당한 예상치 못한 기습.

하물며 인체를 떠받치는 뿌리라 할 수 있는 발이 부서진 상처다.

검이 흔들렸다.

뻐어엉!

그 어긋난 방향 탓에 이현의 주먹은 그대로 남궁청원의 검을 스쳐 지나 하복부에 틀어박혔다.

단 일 초뿐인 공격에 두 번의 치명적인 상처를 입었다.

끝이다.

"남궁세가 남궁청원 전투 불능! 무당 제자 이현 승!"

이번에도 이현이 이겼다.

연전연승을 거듭한 이현의 네 번째 상대는 중소문파 출신의 무사였다.

이번에는 제법 그럴듯한 모습이 나왔다.

상대는 현란하면서도 실전적인 검술을 펼쳐 냈고, 이현은 그를 상대로 몇 수를 보여 주었다.

그래 봤자 태극권이다.

그나마 이현이 비무에 나와서 처음으로 무당파의 무공을 펼쳤다는 것에 의의가 있을 뿐이다.

그마저도 이십(二十) 합 만에 이현이 찔러 들어오던 상대의 검 면을 손바닥으로 비틀어 검로를 흩트리고, 그대로 파고들어 어깨를 부딪쳐 넘어트리는 것만으로 끝이었다.

그리고 다섯 번째 비무.

第二章

"어? 너 음공도 할 줄 알아?"

"……응? 뭐라고?"

"음공도 할 줄 아느냐고!"

"아! 뭐, 굳이 따지자면."

청화의 물음에 멍하니 있던 이현은 이내 대수롭지 않게 대답하고 비무대 위로 올라갔다.

처음으로 피리를 들고 오른 자리다.

비무 대회가 시작된 이래 처음으로 무기라 할 만한 것을 들고 올라간 것이기도 했다.

청화의 걱정은 물론, 무당의 제자가 검이 아닌 피리를 들고 올라갔다는 데에 의문을 품는 구경꾼들의 시선이 뒤따른 것은 당연했다.

이현은 그 모든 염려와 의문을 깔끔히 무시했다.

"창천백검대주. 남궁호안이오! 본가의 검공이 어찌하여 무서운 것인지 확실히 보여 주겠소!"

다섯 번째 비무 상대도 남궁세가의 무사였다.

대주라는 직함을 괜히 달지는 않았는지 두 눈에 뿜어져 나오는 정광을 보면 공력이 심후한 듯했다.

"결코, 방심하지 않을 것이오!"

앞선 남궁세가 무사들의 허무한 패배를 염두에 두었던 것인지 남궁호안이라는 자는 다짐하듯 말했다.

그리고 그 말은 결코 허언이 아니었다.

"창천진궁(蒼天振窮)!"

시작부터 절기를 펼쳐 냈다.

이현과 거리를 좁히면서도 단 한 번도 쉬지 않았다. 심후한 공력을 바탕으로 줄기줄기 검기를 뿜어내고, 검기가 남긴 잔상이 허공을 수놓게 했다.

이현과 마주한 정면과 좌우는 물론, 위와 아래. 오방(五方)을 점하며 다가오는 남궁호안의 표정은 진지하기 이를 데 없었다.

마치 넓은 바다에 그물을 펼쳐 두고 서서히 간격을 좁혀

물고기를 가두듯 이현이 운신할 수 있는 폭을 좁혀 오는 모습이다.

스윽.

이현도 움직이기 시작했다.

거리를 좁혀 오는 남궁호안을 바라보다 조용히 피리를 들어 입술에 대었다.

입으로 불어야 하는 피리의 특성상 예외적으로 초식명을 외치지 않아도 됐다.

"오!"

"드디어!"

"무당의 음공이라!"

그와 동시에 구경하던 이들에게서 기대에 찬 목소리가 터져 나왔다.

음률을 무기로 한 무공 자체가 익히기 어렵고 펼치는 데 제약이 많다. 심후한 공력이 기본이 되질 못한다면 결코 시도조차 하지 못하는 무공이기도 하다.

하물며, 검공으로 이름 높은 무당파의 제자가 펼치는 음공이다.

또한, 지금껏 제대로 된 무위를 펼쳐 보이지 못한 이현이 펼치는 음공이다.

자연스럽게 기대가 높아질 수밖에 없다.

"흠!"

남궁호안의 마음 또한 다르지 않았는지 낮은 신음과 함께 눈빛을 굳혔다.

음공에 현혹되어 검 끝이 흐트러지는 불상사가 발생할까 공력을 끌어 올려 호심(護心)을 꾀하는 눈치였다.

당연한 대응이다.

음공은 소리를 통하여 작용하지만, 소리를 듣지 않는다고 막을 수 있는 무공은 아니었다.

귀를 막아도 인체에 침투하여 내부를 뒤흔들고 마음을 어지럽힌다. 어찌 보면 그 효능은 내가중수법과 닮았다고 해도 좋다.

그러니 호심을 위해 공력을 끌어 올리는 것은 당연하다.

그리고.

남궁호안의 검이 옷깃에 닿을 듯 가까워졌을 때.

이 모든 기대와 경계를 한 몸에 받은 이현은 드디어 피리를 불었다.

삐이이익!

불었다.

그냥.

곡조고 나발이고도 없다.

그냥 지금 이 순간도 스스로 불어 나는 태극무해심공의

공력을 한껏 실어 불어 재꼈다.

어쩌면 당연한 행동일지도 몰랐다.

이현이란 인간 자체가 주색잡기를 즐길지언정, 풍류남아
가 될 만한 인간은 아니었으니까.

그러나 그것을 알 리 없는 사람들에게 있어서 그것은 재
난이나 다름없었다.

내공을 가득 담고 있는 힘껏 불어 재껴 만들어 낸 피리
소리는 순식간에 고막을 관통해서 뇌리를 뒤흔들기에 충분
했다.

"끄어어어억!"

"아, 안 들려! 귀가…… 귀가 들리지 않아!"

"뭐? 왜? 안 들려! 크게 말해 봐! 크게 말하라고!"

삽시간에 아수라장이 되어 버렸다.

무당 제자가 만들어 내는 음공의 아름다운 곡조를 기대
하고 귀를 기울였던 사람들은 귓속을 파고드는 굉음에 몸
서리쳤다.

혹자는 중심을 잃고 바닥을 기고, 또 혹자는 옆 사람의
말소리가 들리지 않는다고 고래고래 소리를 질러 댔다.

그리고.

그것은 남궁호안 또한 마찬가지다.

아니, 남궁호안의 상태는 더욱 심각했다.

이현과 가장 가까운 거리에 있었던 사람이다. 또한, 이현이 피리 소리를 가장 집중시킨 대상도 남궁호안이다.

차라리 호심을 위해 끌어 올린 공력으로 귀를 보호했으면 나았을 것이다. 하지만 남궁호안은 귀가 아닌 호심을 위해 공력을 끌어 올렸다.

그것이 패착이다.

주륵!

남궁호안의 귀에서 피가 흘러나왔다.

이현이 만들어 낸 피리 소리에 고막이 상한 것이다.

지척까지 다가왔던 검은 이미 멈춘 지 오래.

털썩!

남궁호안은 결국 무릎을 꿇었다.

저벅. 저벅.

그다음 이현이 한 일이라고는 별다를 것이 없었다.

그냥 뚜벅뚜벅 걸어가서 피리를 남궁호안의 정수리 위에 툭 하고 올려놓는 것뿐이었다.

나무로 된 피리라지만 작정하고 휘둘렀으면 그대로 머리가 터져 나갔을 것이다.

"무, 무당 제자. 이현! 승!"

심판이 이현의 승리를 선언했다.

이번에도 역시 기대에 미치지 못한 싱거운 승리였다.

비무가 끝난 뒤.

"야! 뭐야! 너 때문에 귀 아파 죽는 줄 알았잖아! 음공할 줄 안다면서!"

비무대를 내려오는 이현을 반긴 것은 한껏 성이 나 있는 청화다.

청화 또한 다른 이들과 마찬가지로 이현의 피리가 만들어 낼 음률을 기대하고 있었다.

그런데 정작 들은 것은 귀청이 찢어질 법한 굉음뿐이다.

"……."

이현은 그런 청화를 그저 멀거니 바라볼 뿐이다.

"야! 내 말 안 들려?"

툭! 툭!

"응? 뭐라고?"

청화가 다시 한 번 소리쳐 따지고 나서야 이현은 손가락으로 자신의 양 귀를 후볐다.

귀를 후비고 나온 이현의 손가락 끝에 잡힌 것은 솜뭉치 두 개였다.

미리 솜으로 귀를 막아 둔 것이다.

"너 음공할 줄 안다면서!"

솜뭉치 두 개를 확인한 청화의 아미는 더욱 치켜 올라갔다.

"너 음공할 줄 안다면서! 왜 속였어! 이럴 거면 미리 이 야기라도 해 주던가! 너 때문에 귀 아파 죽는 줄 알았다 고!"

처음부터 음공 따윈 할 줄 모른다고 했으면 기대라도 안 했다.

괜히 기대해서 귀 기울였다가 귀청 떨어질 뻔한 청화는 그래서 더욱 화가 났다.

화가 나 따지는 청화의 모습에 이현은 피식 웃음이 흘러 나왔다.

"음공이 별거냐? 소리로 공격하면 음공이지. 안 그래?"

분하지만 듣고 보니 또 맞는 말이다.

"……이씨!"

청화는 입을 꾹 다물어 버렸다.

*　　*　　*

"아아악! 내 돈! 내 전 재산!"

"이런 빌어먹을!"

"무당파에 왜 저딴 놈이 나왔어!"

이현의 경기 결과가 전해짐과 동시에.

간저패가 운영하는 제 일 도박장 내에서는 깊은 탄식과 분노에 가득 찬 일갈이 터져 나오고 있었다.

이현의 승리 때문이다.

그렇게 한바탕 아우성과 욕설이 오가고 난 뒤 사람들은 하나둘 흩어졌다.

터덜터덜 거리는 걸음으로 도박장을 벗어나는 뒷모습을 보면 적지 않은 돈을 잃은 것이 분명했다.

모두가 떠나간 뒤.

"얼마나 벌었어?"

간저가 대두에게 물었다.

"배당률은 서른여섯 배가 좀 넘습니다."

"그렇게나 많냐?"

"저희밖에 안 걸었으니까요."

이현의 승리에 돈을 건 것은 간저패뿐이다.

"후! 이걸 좋아해야 하는 건지……."

은자 한 냥을 걸어도 서른여섯 냥이 되어 돌아오는 큰 수익이다.

그런데 간저는 지금 이 상황을 좋아해야 할지 말아야 할지 전혀 가늠이 되질 않았다.

처음부터 이랬던 것은 아니다.

무당 제자 이현.

이미 무당파라는 배경 하나만으로도 이현의 승리를 예측하고 돈을 거는 사람들은 제법 많았다.

문제는 어디까지나 처음에만 그랬다는 것이다.

비무에서 제대로 된 실력을 보여 준 적이 없다. 압도적인 승리는커녕, 끝나고 나서도 찝찝하고 개운치 않은 승리의 연속.

남궁정걸의 불알을 작살 내던 순간부터 순전히 운으로 승리를 거듭하고 있는 형국이다.

제대로 머리 달린 인간이라면 그런 이현에게 귀한 돈을 걸 사람은 없었다.

그러다 보니 종래에는 간저만 이현의 승리에 돈을 걸고 있는 형국이다.

문제는.

"이거 영 불안해서 살겠나!"

이현의 승리를 통해 막대한 돈을 쓸어 담고 있는 간저조차도 불안하다는 것이다.

'뭐가 어떻게 돌아가는 건지를 알아야 뭘 하지!'

이현의 강함은 안다.

눈으로 보았고 몸으로 겪었다.

하지만 그 강함이 같은 무림인을 상대로도 통할 것이냐에 대해서는 간저도 마냥 확신할 수만은 없다.

이현이 정말 운으로만 이기고 있는 것인지, 아니면 다른 무슨 생각이 있는 것인지.

전혀 짐작이 가질 않는다.

그리고.

"그러지 말고 창천옥룡으로 갈아탈까? 제길! 이러다가 심장 터져 뒤지겠다!"

대 남궁세가의 차남.

창천옥룡 남궁창위.

그는 이번 오검연 비무 대회의 시작부터 강력한 우승후보로 언급되었었다.

예측은 틀리지 않았다.

그는 자신이 왜 다음 세대의 무림을 이끌어 갈 주인인지를 확실히 보여 주었다.

비무대 위에서 뿜어내는 존재감은 이미 한 지역의 패자라 불러도 좋을 정도였다.

며칠 전 비무에서는 하남의 이름깨나 날린다던 쾌검의 고수 순전검(瞬電劍) 이차균을 쾌검으로 굴복시켜 버리는 무위까지 선보였다.

운이든 노림수든 이현이 결승까지 올라간다면 맞붙을 상대는 창천검룡 남궁창위가 될 것은 확실했다.

간저로서도 누가 이길지 알 수 없었다.

아니, 솔직히 이야기하면 간저의 눈에도 우승을 차지할 자는 남궁창위였다.

'그렇게 되면 지금까지 몰빵으로 벌어들인 돈은……'

지금껏 이현의 우승에 가진 돈 전부를 걸었었다.

이현이 한 번이라도 패하는 순간은 간저패가 거지패가 되어 거리로 나앉는 순간이란 말과 같다.

조직의 안전을 위해서라도 생각을 달리 할 필요가 있었다.

하지만.

"그, 그랬다가 도사님이 아시면 불쾌해하지 않으시겠습니까?"

"제길!"

이어지는 대두의 질문에 간저는 얼굴이 일그러졌다.

'그 말코 놈 성격상……!'

이현의 성격상 후에 이 사실을 알게 되면 결코 가만히 있지는 않을 것이다.

자신을 두고 다른 사람을 승자로 뽑았으니 그 더러운 성격상 한바탕 푸닥거리를 할지도 모른다.

그것은 이현이 비무에서 패해도 마찬가지다.

아니, 패하면 패한 이유를 자신이 아닌 다른 사람에게 돈을 건 간저 탓으로 독박을 씌우고도 남을 인간이었다.

이럴 수도 저럴 수도 없다.

조직의 밥줄이냐, 조직의 생존이냐를 두고 갈등해야 하는 순간이다.

"그럼 걸지 말까? 돈은 어차피 지금 번 돈도 충분하잖아. 아니면 안전하게 둘 다 걸던가! 그러면 손해는 피할 수 있잖아! 안 그래?"

"그, 그것도 괜찮은 방법이긴 합니다만…… 저 형님?"

"그 호랑말코도 그것으로 뭐라고 하진 않을 것 아니야. 안 걸었던 것도 아니고, 둘 다 걸었다는 데 누가 뭐라고 그래? 안 그래? 솔직히 그것 가지고 뭐라고 하면 그게 인간이냐? 밴댕이 소갈딱지지!"

"혀, 형님!"

조직의 안녕과 생존을 위해 굴리지도 않던 머리를 굴려 찾아낸 해답이다.

그런데 어째 대두의 반응은 뜨뜻미지근하다.

아니, 식은땀까지 흘리는 것이 꼭 뭐 마려운 개처럼 안절부절못하는 모양새다.

슬쩍 기분이 나빠졌다.

명색이 간저패의 주인이다.

조직을 위해 오랜만에 좋은 생각을 해 냈으면 칭송을 해도 모자랄 판에 이런 반응이라니.

"아! 왜? 그 호랑말코가……!"

"오, 오셨습니다. 형님!"

홧김에 내지르는 찰나.

대두가 그답지 않게 두 눈까지 질끈 감고 소리쳤다.

"……누가?"

흠칫 몸이 굳었다.

간저의 머리가 빠르게 돌아갔다. 불길한 기운이 등 뒤에서 엄습해 온다.

누가 왔을까. 누가 왔기에 대두가 이 상황에서 자신의 말을 가로챘을까.

대두를 향한 간저의 조심스러운 질문에 대한 대답은 다른 곳에서 들려왔다.

등 뒤다.

"그 호랑말코 밴댕이 소갈딱지."

이현의 목소리다.

'젠장!'

간저는 속으로 욕지거리를 내뱉었다.

'이 인간은 멀쩡한 문 두고 왜!'

대체 왜!

왜 이 인간은 뻔히 있는 문을 두고 도둑놈처럼 숨어든단 말인가!

따지고 싶다.

하지만.

"헤헤헤헤! 오셨습니까?"

일단 살고 봐야 했다.

＊　　　＊　　　＊

언제나 그렇듯 간저는 맞았다.

흠씬 두들겨 맞고 또 맞았다. 그리고 오늘은 특별히 더 맞았다.

어찌나 맞았는지 바닥에 늘어져서는 미동도 없다.

의식도 끊어져 버린 지 오래다.

"흐음…… 그러니까 이게 배당률이란 말이지?"

이현은 그런 간저에게는 신경을 꺼 버리고는 도박장 벽면에 적힌 흑판을 구경하고 있었다.

비무 대회에 참가한 참가자들의 배당률이 적힌 흑판이다.

"사, 살아는 있는 것입니까?"

대두는 그런 이현을 바라보다 중얼거렸다.

미동도 하지 않고 쓰러져 있는 간저를 걱정하고 있는 것이다.

"그럼. 숨은 붙어 있으니까."

간저를 걱정하는 대두의 물음에 이현은 대수롭지 않게
대답했다.

이현의 말대로다.

미동도 하지 못한고 쓰러져 버린 간저지만 이따금 부풀
어 올랐다가 가라앉는 가슴을 보면 죽지는 않은 것이 분명
했다.

"근데 내 배당률이 제일 높다?"

대충 대답하고 흑판을 살피던 이현이 툭 내뱉었다.

"그, 그렇지요."

대두는 바짝 긴장해서 고개를 끄덕였다.

"그래서 저놈도 재수 없는 남궁세가 놈한테 붙으려고 했
던 거다? 그런데 왜? 계속 이겼잖아?"

대두는 등줄기에 식은땀이 흘렀다.

"이, 이기기는 하셨는데 말입니다. 그래서 승자승 진출
방식이니 아직 거기 이름이 적히신 것이고요. 헌데, 아무래
도 그 과정이란 것이……."

순 운으로 이겼다.

물론 기절한 간저처럼 되고 싶은 마음이 아닌 이상에야
그 말을 고대로 내뱉을 리 없었다.

그저 말끝을 흐리며 그 속에 숨겨진 의미를 이현 스스로

깨닫기만을 바랄 뿐이다.

"과정이 왜?"

하지만 이현은 그런 대두의 바람을 간단히 무시했다.

이렇게 된 이상 말해야 했다.

"아, 아무래도 석연치 않은 구석이……."

혹여나 한 대 맞을까 눈부터 피해 버리는 대두다.

"나한테 걸어. 전부!"

그런 대두의 귓가로 이현의 목소리가 들려왔다. 시선을
피해 돌렸던 눈이 다시 획 하고 돌아갔다.

"저, 전부요?"

"어. 전부."

"전부라면 여유 자금을?"

"그냥 전부."

"애, 액수가 꽤 됩니다만?"

꽤가 아니다.

모처럼만에 대목이다.

더욱이 누구도 기대하지 않은 이현의 연전연승으로 벌어
들인 수익은 당초에 대두가 예측했던 금액을 훨씬 웃돌고
있었다.

거기에 당장 필요한 활동 자금까지 박박 긁어 투입하면
어지간한 현의 일 년 예산을 넘볼 정도였다.

"그건 좀······."

대두는 난색을 보였다.

간저가 기절한 지금 간저패의 운명이 자신에게 달려 있음을 잘 알고 있는 대두다.

당장 필요한 여유 자금을 몰아넣는 것도 모자라, 당장 필요한 활동 자금까지 쏟아 넣었다가 일이 잘못되면?

이현이 한 번이라도 패하는 순간이 간저패의 와해를 뜻했다.

아무리 의리를 외치는 암흑가 패거리라지만 손가락만 빨고 앉아 있을 수만은 없는 일이었다.

하루 세 끼 챙겨 줘야 하고, 밥값보다 많은 술값을 용돈으로 찔러 줘야 한다.

그래야 간저패가 탈 없이 유지된다.

'아무리 궁해도 그 돈은 건드려선 안 된다!'

대두는 맞아 죽을 각오를 하면서도 굳게 마음을 다졌다.

절대로 건드려서는 안 될 돈이다.

하지만.

"나 못 믿냐?"

대두의 철옹성같이 굳은 의지를 무너트리는 것은 단 한 번의 물음이면 충분했다.

이현은 웃고 있었다.

하지만 대두는 안다.

"미, 믿지요. 암 믿습니다요!"

못 믿겠다고 대답하는 순간 모든 것이 끝날 것이다.

대두의 목숨은 물론, 간저패에 속한 모든 이들이 이현의 손에 결딴날 것이다.

아니, 어쩌면 무당파까지 동원할지도 모른다.

태극검제 청수진인의 제자라는 이현의 배경이라면 충분히 그러고도 남음이다.

"그럼 걸어!"

"……예."

결국, 전 재산을 투투에 걸어 버리게 생겼다.

전쟁에서 패하고 돌아온 패장처럼 대두는 시무룩하게 고개를 숙여 버렸다.

말만으로 그칠 생각 따위는 하지 않았다.

이현이, 무당파가 그것도 알아내지 못할 리 없다.

꼼짝없이 전 재산 갖다 바쳐야 하는 꼴이다.

'대체 왜……?'

의문이 드는 건 당연했다.

단지 자존심 때문이라고 하기에는 이현의 요구는 과했다. 자칫 잘못하는 순간 간저패는 그대로 와해 돼 버릴 요구였으니까.

그렇다면 다른 이유가 있을 것이다.

'토사구팽이란 말인가? 하지만 그럴 이유는 없을 것인
데……?'

당장 토사구팽을 생각했다.

간저패를 손 안 대고 와해시키기 가장 좋은 방법이 지금
과 같은 방법임은 확실했다. 하지만 석연치가 않다.

이미 한 배를 탄 사이다.

어차피 암흑가 패거리야 독버섯 같은 존재다.

하나가 사라지고 나면 또 다른 놈이 와서 자리 잡기 마련
이다.

단지 등도촌을 지배하는 암흑가인 간저패를 정리하기 위
해서라고 보기에는 무당파로서는 번거롭고 귀찮은 일이다.

얻을 것 없이 고생만 자처하는 꼴이다.

무당파가 그런 일을 할 리가 없다.

'무엇일까.'

머리 굴려 먹고사는 대두이니만큼 의문이 꼬리에 꼬리를
물었다.

그때였다.

"아! 그리고 대전비는……."

귓가로 들려오는 이현의 목소리.

"아!"

그 말 속에 담긴 의미를 파악한 대두는 일순 머리가 맑아지는 것 같은 느낌을 받았다.

'그래! 돈! 돈 때문이었어! 도사님께서는 지금껏 연기하고 계셨던 거야!'

비무에서 보여 준 이현의 형편없는 무위.

아니, 무위랄 것도 없이 오로지 운으로만 이루어 온 승리.

기대가 실망이 된 것은 당연했다.

승리를 기대하기 어려운 자에게 돈을 걸 만큼 대해와 같은 마음씨를 지는 사람은 투투장에 없다.

그 결과 이현의 배당률은 하루가 다르게 올라가고 있다.

그런데 그 모든 것이 이현과 무당파의 노림수였다면?

"절반은…… 많겠지?"

스스로 이야기했다가 슬쩍 물러서는 이현.

경제관념 자체가 함량 미달에 속하는 이현이지만 자신의 요구가 얼마나 과한 것인지 알고 있기 때문이었다.

하지만.

"드리겠습니다! 드려야지요! 암요!"

대두는 발작하듯 소리쳤다.

'그래도 남는다! 도사님께서 우승만 해 주신다면 훨씬 남을 수밖에 없어!'

대두의 머리에는 이미 모든 계산이 끝난 상태였다.

지금껏 운으로 보였던 비무 내용들이 전부 이현의 진짜 무력을 숨기기 위한 기만 작전이었다면.

'무당파와 간저패 모두의 상생을 위한 결정이신 거야!'

대두는 확신했다.

이현과 무당파가 스스로 명예를 실추하면서까지 부실한 비무 모습을 보였다.

이유 없이 그러진 않았을 것이다.

그 결과 날로 올라가는 이현의 배당률.

이현이 우승만 한다면 수익금의 반절을 때어 주고 나서도 간저패는 창립 이래 최대의 수익 기록을 올릴 수 있다.

당장 가용 가능한 현금 자본의 증가.

그것은 간저패의 성장을 의미했다.

무당파가 절반을 가져가는 것 또한 그와 같은 이치였다.

"그래도 너무 많은……."

"드리겠습니다! 드리고 싶습니다! 드리게 해 주십시오!"

한발 물러서려는 이현의 모습에 대두는 기겁하며 소리쳤다.

이현에게 돈을 주겠다는 대두의 모습은 필사적이기까지 했다.

'어떻게든 엮어야 한다!'

이현이 마음을 달리 먹으면 큰일 난다.

한 번이라도 패하는 순간 간저패는 그대로 거지꼴이 될 판이다.

이렇게 이득을 떠안겨서라도 엮어 두어야 간저패의 안전도 보장되는 것이다.

"받아 주십시오! 제발!"

"그, 그래. 바, 받지."

안 받겠다고 하면 바지 끄덩이라도 잡고 늘어질 기세인 대두의 반응에 이현은 어색하게 고개를 끄덕였다.

"감사합니다!"

그런 이현의 반응에 대두는 생명의 구함이라도 받은 듯 고개를 푹 숙였다.

"그, 그래. 뭐가 감사한지는 모르겠지만……."

'이게 왜 이래?'

인사까지 받은 이현의 눈엔 대두가 미친놈이나 다름없어 보였다.

자신에게 돈을 걸라고 한 것은 그냥 자존심 때문이었다. 재수 없는 남궁세가 놈에게 돈이 걸리는 꼴을 못 보니까.

그 김에 그냥 삥이나 뜯을까 했다. 대전료라는 구실로 오 할을 부른 것도 그 때문이다.

스스로 불러 놓고도 많다 싶어 물리려고 했을 정도다.

그런데 대두는 못 줘서 안달이다.

'확실히 이놈도 제정신은 아니야!'

매번 찾아올 때마다 못 줘서 안달이다.

준다는 데 마다할 이유는 없지만, 이현의 상식선에서는 통 이해가 안 되는 인간이 확실했다.

'아! 그보다!'

이현은 별 이상한 놈 다 보겠다는 시선으로 대두를 바라보다 이내 용건을 떠올렸다.

간저패를 찾아온 이유.

"그거 사실이야?"

"예? 무엇을 말씀이십니까?"

불쑥 꺼낸 이현의 물음에 대두가 고개를 갸웃거린다.

갈대 같은 몸뚱이 위에 큰 바위를 올려놓은 것 같은 대두의 체형이다 보니, 머리를 갸웃하다가 부러지지나 않을까 걱정스럽다.

물론, 그건 이현이 상관할 바가 아니었다.

남이야 허리가 부러지든 머리가 떨어지든 자신의 욕구만 해결하면 그만인 인간이었으니까.

"너네 똘마니 시켜서 나한테 전한 말."

오늘에서야 연락을 받았다.

무당파에서 벌어지는 오검연의 비무를 보기 위해 찾아온

구경꾼들 때문에 간저가 보낸 수하는 며칠 동안이나 줄을 서서 입장할 차례를 기다렸다고 했다.

다른 곳이었다면 험악한 인상과 거친 입담으로 새치기했을 테지만, 무당파 앞에서는 그럴 수 없었던 탓이다.

그렇게 꼬박 사흘을 줄을 서서 노숙한 뒤에야 이현에게 간저가 전하고자 했던 소식이 전달되었다.

이현은 그것을 묻는 것이다.

확실히 확인하기 위해 굳이 발품을 팔아 이곳까지 온 것이고.

"아! 사실입니다."

이현의 물음에 간저가 고개를 끄덕였다.

그리고.

"저도 믿기지 않아 여러 방면으로 확인 작업을 거쳤었습니다만…… 사실입니다. 신강으로 출정한 천마자검대가 마적들에게 패했답니다."

"그래!"

씨익.

대두의 확답.

이현의 입가에 웃음이 걸렸다.

'역시 있었어!'

확실해졌다.

그놈. 아니 과거의 자신.

야율한은 과거의 그때와 같이 신강에 있다.

*   *   *

확인이 끝났다.

신강의 마적들만으로는 천마자검대를 상대할 수 없다.

급이 다르다.

거기에 각각의 이득에 따라 움직이는 그들은 연합을 구성하여도 제대로 된 힘을 발휘하지 못한다.

압도적인 무위를 가진 한 사람.

그가 구심점이 되어야 한다.

그리고.

이현이 아는 한 과거 그때에도 그러한 사람은 단 한 사람밖에 없었다.

자신.

야율한.

그만이 신강의 마적들을 한곳에 모을 수 있는 구심점이다. 또한, 그만이 마적들과 천마자검대의 격차를 극복할 힘을 가지고 있다.

"이겨야 할 이유가 생겼군."

이현은 피식 웃었다.

남궁세가의 웃기지도 않는 짓거리에 비무에 참가했다. 비무에서 남궁세가의 얕은 술수를 짓밟아 버릴 생각이었다.

그런데.

우승해야 할 또 다른 이유가 생겼다.

'소원을 빌어야지!'

오검연 비무 우승자에게는 상으로 소원을 들어준다고 했다.

자신의 이름을 무당파 도적에서 파내는 것도, 무당파를 봉문시키는 것도.

이현이 원하는 건 하나도 들어주지 않는 참으로 우습지도 않은 상이다.

그래서 그다지 신경 쓰지 않았다.

하지만 이제는 다르다.

'다른 건 몰라도 외출 정도는 허락 받을 수 있을 거야.'

그 정도는 들어줄 것이다.

어려울 것도, 힘들 것도 없으니까.

아니. 무당파와 오검연이라는 이름 때문이라도 들어 줄 수밖에 없는 소원이다.

그러니 이제 우승해야 한다.

확실한 동기부여에 우승을 향한 이현의 의욕은 그 어느 때보다 뜨겁게 타올랐다.

그래서 지금껏 단 한 번도 하지 않았던 비무 대회를 직접 참관하며 전력을 살피는 귀찮은 수고까지 마다치 않았다.

"저 희멀건 놈이 남궁창위라는 놈이군."

지금 비무대 위에는 창천옥룡 남궁창위와 북궁세가주의 삼남 북궁연성의 비무가 시작되고 있었다.

사람들이 가장 강력한 우승 후보로 손꼽는 남궁창위.

'그래! 어디 한번 재롱이라도 떨어 봐.'

이현은 느긋한 마음으로 그의 비무를 감상했다.

'저자가……'

같은 오검연의 일가이자 북궁세가주의 삼남인 북궁연성을 앞에 두고도 남궁창위의 시선은 비무대 아래로 향했다.

남궁창위의 두 눈을 가득 채우고 있는 것은 팔짱을 끼고 이쪽을 바라보고 있는 이현이었다.

히쭉.

그러던 중 이현이 웃는다.

꿈틀!

명사의 붓놀림으로 그려 놓은 듯한 남궁창위의 눈썹이 꿈틀거렸다.

'……웃음이 나오는가!'

꽈악!

검을 쥔 손에 절로 힘이 들어갔다.

동생은 팔을 잃었다. 그리고 이어지는 비무에서 남궁세가는 조롱거리가 되어 버렸다. 몇몇은 회복하기 어려운 상처를 입었고, 몇몇은 씻을 수 없는 오욕을 뒤집어썼다.

남궁세가의 드높은 자존심은 시궁창에 빠져 버린 지 오래다.

모두 이현 때문이다.

그런데 정작 그는 남궁창위 자신의 비무를 보며 웃고 있었다.

마치 재미있는 여흥을 지켜보듯.

'그 웃음 지워 주지!'

이현의 얼굴에 걸린 웃음이 마음에 들지 않는다.

그 웃음을 지우고자 했다.

그러나 이현과 검을 맞대는 것은 눈앞의 북궁연성을 쓰러트린 다음이다.

남궁창위의 차가운 시선이 북궁연성을 향했다.

"시작하지요."

"그, 그러십시오."

서늘한 남궁창위의 시선에 북궁연성은 저도 모르게 얼어

붙었는지 어색하게 고개를 끄덕였다.

이현을 향한 분노의 방향이 북궁연성을 향했다.

아니, 남궁창위의 눈에 비친 북궁연성은 더 이상 북궁연성이 아니었다.

이현이다.

피를 통한 동생의 팔을 빼앗아 가고, 대 남궁세가의 명예를 시궁창에 처박아 버린 자.

그를 향해 남궁의 검을 펼칠 것이다.

스윽.

검을 늘어트렸다.

그저 힘없이 늘어트린 검이다.

검에는 어떠한 공격 의지도, 공력도 담기지 않았다.

그러나 그것으로 이미 충분했다.

한때 제왕검가라 불리던 남궁세가의 검이 그 안에 있었다.

단지 힘없이 검을 늘어트리고 서 있는 것만으로도 뿜어져 나오는 기백이 사위를 가득 채우고 짓눌렀다.

'보아라! 이것이 제왕검가의 검이다!'

그야말로 제왕기(帝王氣).

만물에 군림하는 제왕의 기운이 터져 나왔다.

움직였다.

힘없이 늘어트린 검이 천천히 머리 위를 향한다.

빠르지도 느리지도 않은 움직임.

공격할 틈을 찾고자 하면 얼마든지 찾을 수 있을 법도 하건만, 마주 선 북궁연성은 감히 몸을 움직일 수가 없었다.

이미 남궁창위에게서 뿜어져 나오는 제왕기가 그가 움직이는 것을 허하지 않았다.

그리고.

"창천파극(蒼天擺極)!"

하늘이 그 끝을 열어 보였다.

남궁창위는 기원했다.

'지지 마라! 제왕검가의 무게를 보여 줄 것이니!'

이현이 결승까지 올라오기를.

그리하여 대 남궁세가의 검을 경시한 대가를 치르기를.

第三章

"기권하겠습니다."

남궁창위는 비무대 위를 응시했다.

이현이 올라간 비무대 위다.

그런 그의 상대는 산동 파랑방이란 이름의 중소문파 출신의 무사 산초요였다.

예선부터 시작해 기대 이상의 무위를 선보이며 올라온 자.

바다를 접한 산동 지방에 속한 파랑방의 방도답게 파도를 본뜬 검술이 일품이었다. 파도가 바위를 때리듯 끊임없이 이어지는 검술은 상대가 물러서기 시작하면 끝없이 밀고 들어온다.

그 실력만으로도 이미 산동 지방에서는 고수라 불리어도 부족함이 없을 정도다.

그러나.

비무대에 올라선 그는 스스로 물러설 것임을 선언했다.

"우우! 싸워 보지도 않고 기권이라니!"

"네놈은 무인의 자존심도 없더냐! 어떻게 싸우기도 전에 기권이란 말이냐!"

"흥! 파랑방인지 뭔지 안 보아도 알 만하군. 저깟 소인배가 대표랍시고 여기까지 올라오다니!"

이번이야말로 이현의 패배를 볼 수 있을 것이라 기대했던 만큼 중인들의 비난은 도를 넘었다.

평소라면 감히 하지도 못했을 비난이다.

군중의 힘이다.

"……."

그러나 이 모든 모욕을 뒤집어쓴 산초요는 묵묵부답이었다.

대신 시선을 돌려 남궁창위를 바라보고 있었다.

끄덕.

남궁창위는 고개를 끄덕였다.

그것으로 끝이다.

산초요는 비무대를 내려왔고, 이현은 기권승을 거두었다.

이제 남은 것은 내일 치러질 결승뿐이다.

창천옥룡 남궁창위, 그리고 이현.

단 두 사람에게만 허락된 결승 무대다.

'이제 네놈이 도망칠 곳은 없다.'

남궁창위는 속으로 웃음을 삼켰다.

산초요의 기권은 남궁창위가 의도한 일이다.

이현이 결승에도 오르기 전에 패하여 물러설 것을 차단하기 위함이었다.

중소문파인 파랑방의 출신인 산초요는 남궁세가의 요구를 거절할 수 없었을 것이다. 그리고 그만한 대가를 약속하기도 했다.

"어찌하시겠습니까?"

그렇게 남궁창위가 속으로 고소를 지을 때.

그의 수하가 은근히 남궁창위의 의중을 물어 왔다.

포괄적인 질문이다.

산초요와 한 약속을 지킬 것이냐에 대한 질문인 동시에, 앞으로 어떻게 할 것인지 의중을 묻는 질문이기도 했다.

꿈틀!

그러나 남궁창위는 검미를 찡그렸다.

비록 가문의 복수를 위해 벌인 일이지만, 사전에 산초요와 한 약속은 정도를 벗어난 일이다.

자존심이 강한 남궁창위이니 그것을 상기시키는 수하의 질문이 마음에 들 리 없다.

"파랑방은 산동의 패자가 될 것입니다. 파랑표국과 계약을 진행하도록 하십시오!"

"예!"

그것으로 끝이다.

약속은 지킨다.

파랑파가 직접 운영하는 파랑표국은 이제 남궁세가와의 거래를 시작할 것이다.

그 덕분에 많은 이익을 얻을 것이고, 그 수익을 바탕으로 산동의 패자로 급부상할 것이다.

"대 남궁세가는 무겁습니다. 그것이 말이든 검이든! 그것이 제왕검가의 자존심임을 잊지 마십시오."

남궁창위는 은근한 경고를 남기는 것을 잊지 않았다.

"……."

"갑시다."

말없이 고개를 조아리는 수하를 바라보다 이내 발걸음을 옮겼다.

남궁창위가 지나가자 여기저기서 수군거리는 목소리가

들려왔다. 일부는 선망의 눈빛으로, 일부는 경외가 가득한 눈으로 그를 바라본다.

바로 어제.

그가 펼쳐 보인 무위 때문이다.

그것은 그가 지금까지 비무대 위에서 펼쳐 보였던 무위를 한 단계 뛰어넘은 것이었다.

사람들은 입을 모아 말한다.

이 비무 대회의 승자는 남궁창위가 될 것이라고.

누구도 이견을 제시하지 못한다.

남궁창위 또한 그러한 반응을 당연하게 받아들였다.

하지만 기쁘지 않다.

"아직도 웃고 있는가!"

비무대 위.

상대의 기권승으로 오늘도 허무한 승리를 얻어 낸 이현.

그는 웃고 있었다.

어제 남궁창위의 비무가 시작될 때처럼.

그리고 그는 여전히 웃고 있었다.

어제 남궁창위의 비무가 끝났을 때도.

그것이 못내 마음에 걸렸다.

"언제까지 웃을 수 있는지 보지!"

남궁창위는 비무대 위에서 웃고 있는 이현을 노려보며

나직이 중얼거렸다.

"예? 무슨 말씀이십니까? 공자님."

그러한 남궁창위의 혼잣말을 들었음일까.

수하가 의문에 가득 찬 얼굴로 질문을 던져 왔다.

"아닙니다! 가십시다."

남궁창위는 고개를 저어 보이고 다시 걸음을 옮겼다.

그러면서도 그의 얼굴은 풀리지 않았다.

'……무엇인가!'

풀리지 않는 의혹.

그것이 찝찝하게 남아 남궁창위의 기분을 불쾌하게 만들고 있었다.

바로 이현의 진실한 무위 말이다.

어제 남궁창위의 비무가 끝난 뒤.

"얼마든지 이길 수 있었습니다! 다만 재수가 없어서!"

"다시 붙는다면 제가 절대 패할 리 없습니다."

"단지 운이 없었을 뿐입니다!"

남궁창위는 자신의 비무가 끝난 후 수하들을 불러 모았었다.

이현과 비무대 위에서 마주했던 자들이다.

그리고 물었다.

그들이 직접 겪어본 이현의 무위가 어떠했는지를.

대부분 입 모아 답했다.

단지 운이 없었을 뿐이라고.

다시 붙는다면 얼마든지 이길 수 있는 상대였노라고.

남궁창위도 그러한 이들의 말에 동의했다.

이현과 남궁세가간의 모든 비무를 지켜보았다.

그럼에도 남궁창위가 굳이 그들을 불러 모아 의견을 들은 것은 한 가지의 미심쩍음 때문이었다.

지나쳤다.

이현에게만 계속되는 행운.

이현만 만나면 반복되는 남궁세가의 불행.

그 지나친 반복이 자꾸만 신경을 건드렸다.

"어찌 생각하십니까?"

남궁창위는 고개를 돌려 질문을 계속했다.

"……."

"죄송합니다."

대답은 듣지 못했다.

하지만 고개 숙여 사과하는 것은 남궁창위였다.

남궁창위가 질문을 던진 대상은 이번에 불행한 사고로 남성성을 잃어버린 남궁정결인 탓이었다.

처마 기둥 아래에 기대어 말 한마디 없이 넋 나간 얼굴로 자신을 바라보는 남궁정걸의 모습에 절로 사과가 입 밖으로 흘러나왔다.

상하 수직적인 개념에서 온 사과가 아니다.

같은 남자라는 동물로서 공감하는 진실한 안타까움이었다.

"큼! 큼!"

남궁창위는 헛기침과 함께 급히 고개를 돌렸다.

부러 남궁정걸이 가진 처참한 아픔을 되짚을 필요는 없었다.

남궁창위의 시선이 향한 곳은 창천백검대주 남궁호안이었다.

스릉! 스릉!

소란한 분위기 속에서도 남궁호안은 고요했다. 조용히 검을 손질하는 모습에서는 경건함마저 느껴졌다.

과연 대 남궁세가에서 한 개 부대를 이끄는 수장다운 무게감이다.

"대주께서도 같은 생각이십니까?"

그에게 물었다.

실질적으로 남궁창위를 제외한다면 이곳에서 가장 강력한 무위를 갖춘 이가 그이니만큼 그의 의견이 가장 중요했다.

"……."

스릉! 스릉!

대답은 없었다.

남궁호안은 대꾸 없이 여전히 검만 손질할 뿐이다. 남궁창위를 향한 시선조차 주지 않았다.

"대주. 대주!"

팁!

결국, 어깨를 붙잡아 세우고 나서야 남궁호안의 고개가 남궁창위를 향한다.

"아! 공자님!"

마치 몰랐다는 듯 반색하는 남궁호안.

"대주께서도 그리 생각하십니까?"

"아! 식사는 했습니다. 맛이 괜찮더군요! 공자님께서는 식사하셨습니까?"

질문에 엉뚱한 대답이 돌아온다.

"대주께서는 이현 그놈을 어찌 생각하느냐 물었습니다."

"아! 좋지요. 그럼 이따 저녁에 술자리 알아보겠습니다."

연거푸 돌아오는 동문서답.

남궁창위는 미간을 찌푸릴 수밖에 없었다.

그러고도 뭐라고 하지 못하는 것은.

스윽. 스윽.

　대주께서 보시기에 이현이라는 자. 어떤 자 같았
습니까?

　남궁창위는 이번엔 말없이 바닥에 손으로 질문을 적었
다.

　그저 손가락을 쓱쓱 휘젓는 것인데도 바닥이 움푹 파여
글귀가 만들어졌다.

　"아! 죄송합니다."

　그제야 남궁호안도 자신의 실수를 깨닫고 고개를 숙였
다.

　그런 반응이 남궁창위의 심정을 더욱 착잡하게 만들었
다.

　'대 남궁세가의 창천백검대주가 농자(聾者)라니!'

　창천백검대주가 귀머거리가 되어 버렸다.

　'그놈 때문에……!'

　이현 때문이다.

　음공을 대비했던 남궁호안의 허를 찔렀다. 일시적으로
큰 소리에 노출된 상황.

　미리 방비하지 않는 이상 귀가 무사할 리 없다.

그나마 다행이라면 영구적인 손상이 아니라는 것이었지만, 그것만으로는 남궁창위의 마음의 짐을 덜어 줄 수는 없었다.

"흠……."

그러는 사이.

남궁호걸은 심각한 표정으로 고민하는 눈치였다.

그리고.

"모르겠습니다."

고개를 젓는다.

모르겠다니요?

남궁창위는 급히 자신의 의문을 그대로 바닥에 적었다.

'창천백검대주가 그놈을 파악하지 못할 정도다?'

남궁창위의 얼굴은 혼란스러운 기색이 역력했다.

분명 무위로 따지자면 남궁호안은 남궁창위의 상대가 되질 못한다. 아무리 그가 창천백검대를 이끄는 대주라 하지만, 그 차이는 명백했다.

그러나.

남궁호안에게는 남궁창위가 가지고 있지 못한 것이 있다.

경험이다.

창천백검대를 이끌고 세가의 일선에서 활약해 온 남궁호안이다. 그는 그러한 경험을 통하여 안목을 쌓아 왔다.

남궁창위가 가지지 못한 것이 바로 그것이다.

"모르겠습니다. 그가 저를 비롯한 본가의 무사들을 패퇴시킨 방법을 보십시오."

"……."

남궁호안의 말에 남궁창위는 조용히 입을 닫았다.

그저 그를 응시하는 것만으로도 충분했다.

어차피 입을 열어 말해 보아야 남궁호안에게 들릴 리 없을뿐더러, 이렇게 가만히 있으면 곧 남궁호안이 설명을 늘어놓을 것임을 알기 때문이다.

"우연입니다. 재수 없으면 언제든지 일어날 수 있는 일이었습니다. 저와, 남궁정결의 경우를 제외한다면 대부분 수련이 부족한 상태에서 무공을 펼칠 때 흔히 일어나는 실수들이었습니다."

원앙각을 펼치다 신발이 날아가고, 충권을 펼치다가 상대의 발을 밟는 것.

중심 조절, 힘 조절, 거리 조절.

무엇 하나라도 부족하다면 얼마든지 일어날 수 있는 일이었다.

남궁세가의 어린 제자들도 처음 무공을 익힐 때면 한두 번씩 저지르는 실수이기도 했다.

"그런데 그 실수들이 남궁세가의 무인들을 패퇴시켰습니다. 우연이라 할 수 있겠습니까?"

슥슥!

남궁창위는 급히 손가락으로 바닥에 질문을 적었다.

그럼 놈의 노림수란 말입니까?

"모르겠습니다. 굳이 그렇게 할 이유도 없을 뿐더러, 그것이 정말 그자의 노림수였다면…… 그는 저로서는 짐작할 수 없는 고수일 것입니다."

흠칫!

창천백검대주조차 짐작할 수 없는 고수.

그 말에 남궁창위는 저도 모르게 근육이 경직되는 것을 느꼈다.

이유는?

쓱쓱 써 가는 질문이 짧고 간결해졌다.

그만큼 믿기지 않았다.

그러한 남궁창위의 질문에 대답하는 남궁호안의 얼굴은 담담했다.

"바늘로 소를 잡은 격이 아닙니까."

"아……!"

남궁창위의 입에서 절로 탄성이 터져 나왔다.

바늘로 소를 잡는다.

그 의미가 무엇인지 알았다.

'기본공으로 창천백검대를 잡았다.'

그냥 기본공도 아니다. 기본공을 펼치다 일어난 실수로 세가의 고급 무공을 익힌 무사들을 제압했다.

기본공은 기본공일 뿐이다. 고급 무공이나 절세 무공이 될 수 없다.

그런데 기본공으로 일어난 실수로 고급 무공을 제압하는 것이, 무당의 고급 무공으로 창천백검대를 제압하는 것보다 훨씬 어려운 일임은 당연했다.

바늘로 소를 잡는 일이, 태도로 소를 잡는 일보다 힘든 것처럼.

고수다.

인정하기는 싫지만, 고수가 아닌 이상 감히 시도조차 할 수 없는 일이다.

이제야 알았다.

마음 한편을 차지하고 있던 찝찝한 기분의 이유를 찾은 것이다.

하지만 결코 마음이 가벼워지지 않았다.

스윽! 슥!

글귀를 적었다.

그가 진정 고수라면, 저와 그놈 둘이 맞붙는다면
누가 이기겠습니까?

이현이 남궁호안조차 측정할 수 없는 고수라는 가정하에 던지는 질문이다.

내일이 비무다.

복수를 위한 자리다.

패해서는 안 된다. 패할 가능성조차 남겨 두어서는 안 된다.

그렇기에 물었다.

"허허허헛!"

남궁호안은 멀거니 남궁창위를 바라보다 웃었다.

그리고 말했다.

"왜 당연한 것을 물으시는지 모르겠습니다."

너무나 당연한 것을 묻는다.

"대공자께서 나서시지 않는 이상, 누가 공자님을 굴복시킨단 말씀이십니까."

절대적인 확신.

남궁호안은 남궁창위의 패배 따윈 생각조차 해 본 적 없다는 듯이 말했다.

"공자님께선 이미 홀로 우리 창천백검대를 도륙할 수 있으신 분이시지 않으십니까."

남공호안이 남궁창위를 가만히 바라본다.

뒤이어 입술을 다시 달싹였다.

"팔성."

남궁호안은 이미 알고 있었다.

남궁창위 스스로 조부에게조차 숨겼던 사실.

"제왕검……."

제왕검을 익힌 남궁창위의 화후가 이미 팔성에 올라섰음을 말이다.

*　　　*　　　*

드디어 결승전이 밝았다.

"어째 휑하다?"

비무가 시작하기 전이라 아직 비무대에 오르지 않은 이

현은 주위를 둘러보며 말했다.

불과 어제까지만 해도 주위를 가득 채웠던 구경꾼들이다. 그런데 오늘은 그 반에 반절도 되지 않는다. 그마저도 얼굴에는 별다른 기대 같은 것은 없어 보였다.

"김빠져서 그렇대."

그런 이현의 의문에 답한 것은 청화였다.

소동들을 우르르 몰고 다가온 청화의 대답에 이현의 눈썹이 꿈틀거렸다.

"김빠져서?"

"응. 그저께 창천옥룡의 실력은 이미 다 봤잖아."

"다는 아닐걸?"

"그래서 더 김빠진다는 거야. 전력을 다하지 않고 펼친 창천파극만으로도 이미 압도적이었으니까."

"하긴 그 나이에 신검합일이었으니까."

이현은 담담히 고개를 끄덕였다.

신검합일.

검과 몸이 하나가 되는 경지.

신체와 검의 경계가 사라지고, 그 자체로 검이 되는 지고의 경지다.

'그 정도면 제왕검은 최소 칠성······.'

남궁세가가 자랑하는 검공의 정점에 선 제왕검공.

이현의 추측하기로 검왕은 그를 상대할 때 육성에서 칠성 정도의 힘을 검에 담았었다. 남궁창위가 제왕검을 칠성까지 익혔다면 검왕을 상대했을 때와 같은 힘이다.

물론 온전히 같다고는 할 수 없을 것이다.

펼치는 사람이 달랐으니까.

이미 제왕검의 끝을 본 검왕이 펼친 칠성의 힘이, 남궁창위가 펼치는 제왕검과 같지 않음은 당연했다.

'그래도 비슷은 하겠지.'

남궁창위의 화후를 짐작하며 고개를 끄덕였다.

'구경하던 놈도 대충은 느꼈을 거야.'

지금까지의 오검연 비무에서 보인 가장 강력한 힘.

심지어 그것이 전력으로 펼쳐 내지 않았음을 눈치챌 정도라면, 그가 전력으로 펼칠 무공이 얼마나 강대한 위력을 가지고 있을지 짐작 정도는 할 수 있을 것이다.

그러다 문득 생각이 나아갔다.

"뭐야? 그럼 당연히 내가 질 거로 생각하고 안 왔다는 거야?"

김빠져서 안 왔다고 했다.

그리고 청화는 북궁연성을 상대했던 날 남궁창위가 보여준 무위를 이야기했다.

어디로 보나 구경꾼들이 자신의 패배를 당연하다고 여기

고 안 왔다는 이야기로밖에 들리지 않는다.

"왜! 나도 계속 이겼잖아! 내가 언제 힘겹게 이긴 적이라도 있었냐?"

"너는 양심도 없어? 네가 그동안 보여 준 비무 내용은 어땠는지 생각도 안 하지?"

"내가 뭐? 이기면 장땡이지!"

한심하다는 듯 바라보는 청화의 시선에도 이현은 떳떳했다.

멋있게 죽으나 추하게 죽으나 죽는 건 다 똑같다.

반대로.

어떻게 이기든 이기면 그만이다.

멋있게 이기든 추하게 이기든 그건 중요한 일이 아니었다.

적어도 이현의 철학은 그랬다.

"그러게 태극혜검은 어디다 팔아먹고 되지도 않는 음공한다고 설쳐! 설치기를!"

청화는 답답했다.

이현의 실력을 대충이나마 아는 사람이 청화다.

예쁘고 강한 태극혜검까지 척척 펼쳐 내던 이현이 아니던가. 그런데 정작 비무에서는 별로 멋지지도 않은 것들만 펼쳐 보인다.

그것도 요행이다.

안 들어도 될 욕을 알아서 수집하고 있으니 지켜보는 처지에서는 답답할 수밖에 없었다.

"이럴 거면 폐관 수련은 왜 한 거야?"

생각하면 할수록 기가 찰 일이다.

이번 비무를 위해 특별히 사흘간 폐관 수련까지 해 놓고 정작 비무대 위에서 펼쳐 보이는 것은 이런 식이니 웃기지도 않는 모양이다.

"맞아요. 교관님! 멋있게 싸워요!"

"이기는 것도 좋지만…… 다른 조 애들이 놀린단 말이에요!"

이현이 뭐라 반박하기도 전에 소동들도 청화의 편을 들고 나섰다.

"아! 이놈의 병아리들!"

순진한 눈동자들을 보니 절로 마음이 약해졌다.

"다른 조 애들이 놀려?"

"네! 막 교관님이 이상하게 이긴다고…… 싸우지도 못한다고……."

싸우지도 못한다.

평생을 피 튀기는 투쟁 속에 살아온 이현의 자존심을 건드리는 말이었다.

"어떤 놈이!"

발끈해서 소리쳤다.

"다요!"

"끙!"

하지만 이어지는 소동들의 대답에 머리를 싸맬 수밖에 없었다.

다 그런단다.

'그동안 내가 그렇게 보였다 이거지?'

얼추 이해는 간다.

기본공만으로, 그것도 실수로 일어난 이변으로 찝찝한 승리만을 거듭해 왔으니까.

의도가 어땠든 보는 사람의 입장에서는 그렇게 보일 수도 있었다.

"그래서? 다른 조 애들이 너희도 놀렸다고?"

"네!"

"끄응!"

또다시 앓는 소리가 흘러나왔다.

이현은 소동들의 면면을 살폈다.

하나같이 눈물이 그렁그렁한 눈으로 자신을 바라보고 있었다. 지금껏 말하지 않았지만, 마음고생이 심했을 것이다.

여리고 순수한 마음에 그동안 놀림을 당했으니 어찌 마

음고생이 없었을까.

'내가 누굴 신경 썼다고……!'

속으로는 그렇게 투덜거리면서도 이내 머리를 휘휘 저었다.

'저것들 쪽팔려서 나한테 무공 안 배우겠다고 나서면 나만 골치 아파지지!'

당장 교두 다현에게 소름 돋는 잔소리를 들어야 할 것이다.

그리고.

'혜광 그 빌어먹을 노친네!'

소동들이란 방패막이가 사라지면 혜광의 무분별한 폭력과 착취로 앞으로의 생활이 심히 골치 아파질 것이란 전망도 확실했다.

"어이, 우리 병아리들? 이 교관님이 제대로 싸웠으면 좋겠어?"

"예!"

"예예! 아주아주 멋지게 싸우셨으면 좋겠어요!"

이현의 물음에 소동들이 기다렸다는 듯이 답했다.

"좋아! 제대로 싸우지 뭐."

"정말요?"

대번에 소동들의 눈빛이 기대로 초롱초롱 빛난다.

등도촌 아이들과의 다툼 이후 이현을 향한 소동들의 민음은 절대적이다.

제대로 싸우겠다고 했으니 정말 멋진 모습을 보여 줄 것으로 생각하는 듯했다.

"잘 봐! 오늘 비무는 너희한테 피가 되고 살이 되는 비무가 될 테니까!"

"와아!"

소동들이 환호한다.

"이기긴 할 수는 있는 거야?"

미심쩍은 시선을 보내는 청화가 있긴 했지만, 이현은 깔끔하게 무시해 줬다.

그리고.

"무당 제자 이현! 남궁세가 창천옥룡 남궁창위! 두 사람은 비무대에 오르시오!"

비무의 시작을 알리는 외침이 들려왔다.

*　　　*　　　*

"남궁창위라 합니다."

속마음과 다르게 남궁창위는 정중하게 고개를 숙여 예를 취했다.

분노로 품위를 떨어트리지 않는다.

제왕가의 가르침이다.

그 가르침을 따랐다.

"난 이현."

그에 반해 이현의 대답은 극히 짧았다.

귀찮아하는 투가 역력했다.

"교관님! 힘내세요!"

"교관님! 꼭! 멋지게 이겨 주세요!"

오히려 소동들의 응원에 적극적으로 반응했다.

"잘 봐! 이 멋진 교관님이 어떻게 이기는지!"

마치 이미 승리를 맡아 두었다는 듯 소리치는 모습.

눈앞에 마주한 자신 따위는 안중에도 없는 모양이었다.

꿈틀.

남궁창위의 심기를 건드렸다.

하지만 움직이지 않는다.

'그따위 저급한 술수에 넘어갈 내가 아니다!'

지금껏 이현이 어떻게 이겨 왔는지 알기 때문이다.

얕은 술수로 거듭해 온 승리.

그 눈에 보이는 얄팍한 술수에 속수무책으로 당했다.

하지만 자신은 아니다.

대신 그 또한 고개를 돌려 한곳을 바라보았다.

'무슨 생각을 하고 계신 겁니까!'

그의 조부.

창천검왕 남궁성왕.

비무대 단상과 그리 멀지 않은 곳에 그가 있었다.

각파의 대표자들과 함께 나란히 준비된 의자에 앉아 있다. 비무대를 내려다보는 그의 무심한 눈에는 어떠한 감정의 조각도 담겨 있지 않았다.

그러나 안다.

생각에 잠겨 있는 것이다.

조부는 항상 저렇게 무심한 눈으로 세상을 내려다보며 생각에 잠기고는 했었다.

한때는, 아니 지금도 닮고 싶은 모습이다.

하지만.

동시에 두려워했던 모습이기도 했다.

그 무심한 눈으로 세상을 내려다보는 남궁성왕은 피를 통한 혈육조차도 아무렇지 않게 내칠 사람이다.

세가의 명예에 누가 된다고 판단되면 가차 없이 그렇게 할 것이다.

그렇기에 중요했다.

'오늘 저놈을 꺾지 못하면 저 또한 내치실 것입니까?'

이미 이현으로 인해 남궁세가의 무사들은 조롱거리로 전

락했다.

그럼에도 복수하지 못한다면.

그의 동생인 남궁방위의 팔을 잘라 버렸던 것처럼.

검왕은 그를 내칠 것이다.

후우—

숨을 골랐다.

다시 시선을 돌려 이현을 바라보았다.

장난스럽게 소동들과 이야기를 나누던 이현이 시선을 이쪽으로 돌린 것도 거의 동시였다.

스릉.

검을 뽑아 중단에 세웠다.

"잘 부탁드립니다."

마음에도 없는 인사를 했다.

"싫은데?"

이번에도 역시 이현은 무림의 법도를 벗어난 대답으로 응수했다.

그리고.

까딱.

"먼저 오지?"

마치 조롱하듯 손가락을 까딱거리며 도발한다.

"……그러지요."

남궁창위는 마음을 다잡았다.

흥분을 가라앉힌다. 조부인 남궁성왕이 그러하듯 차갑게 심장을 식혔다.

인지할 수 있는 모든 것을 의식에 담는다.

발바닥으로 전해지는 비무대의 강도와 질감. 아무것도 들려져 있지 않은 이현의 손과 위치. 자세. 바람의 방향.

스윽.

모든 것을 인지하에 두고서야 검을 움직인다.

중단세로 놓았던 검을 사선으로 늘어트린다. 검신이 대각을 이루고 검극은 바닥을 향한다.

북궁연성을 상대했을 때와 같은 자세.

하지만 다르다.

"제왕검 후 일초. 제왕지로(帝王支路)."

처음으로 제대로 된 제왕검을 펼쳤다.

제왕의 길.

쿵!

느긋하게 내디딘 걸음이다. 비무대가 당장에라도 터져 나갈 듯 비명을 내지르며 요동쳤다. 서두르지 않았음에도 남궁창위의 신형은 어느덧 이현의 코앞에 당도해 있었다.

스스슷.

남궁창위가 출발한 곳에 남아 있던 잔상이 모래처럼 흩

어졌다.

이형환위(異形換位)의 수법이다.

그것이 제왕의 길이다.

서두르지 않지만, 절대 느리지 않다. 천근보다 무거운 일 보에 천지가 요동치지만, 놓치는 법이 없다.

그리고.

제왕은 결코 허투루 길을 나서지 않는다.

스확!

검이 움직였다.

사선으로 늘어트렸던 검이 다시 사선을 그리며 하늘로 올라갔다.

이현은 몸을 비틀어 좌로 물러섰다.

그와 동시에.

쿠구구구궁!

조금 전까지 이현이 딛고 섰던 비무대가 무너져 내렸다.

쿵!

일 보.

쿠구구궁!

일 검.

일 보와 일 검이 동시에 움직인다.

제왕이 허투루 길을 나서지 않듯, 또한 허투루 검을 쓰지 않는다.

어느덧 이현의 뒤편의 비무대는 모두 부서져 내린 지 오래다.

이제는 이현이 물러서서 피할 곳은 없다.

뿐만이 아니다.

걸음을 더하고 검을 더 할수록 제왕기 또한 무겁게 뿜어져 나왔다. 보통의 아니, 어지간한 무인이라면 제대로 서 있기조차 어려울 정도로 무거운 기운이 주위를 짓누르고 있었다.

비록 아직 이현의 몸에는 조금의 상처도 남아 있지만 남궁창위는 실망하지 않았다.

새장에 갇힌 새.

아니, 부처의 손바닥 위에 선 손오공.

그것이 이현의 신세다.

그리고.

스확!

"제왕검. 후 이초. 패왕출검(覇王出劍)!"

남궁창위의 검이 바뀌었다.

'보아라! 이것이 제왕가의 검이다!'

패왕이 검을 뽑는다.

사선으로 올려 위를 점한 검이 방향을 바꾸어 수직으로

떨어진다. 정확히 위에서 아래로 갈라 버리겠다는 일도양
단의 기세.

화려한 변초도 상대를 속이는 허초도 없다.

그저 위에서 아래로 떨어져 내리는 수직단세(垂直斷世)
의 검일뿐이다.

'패왕의 검은 누구도 피할 수 없다.'

이현은 피할 수 없을 것이다.

남궁창위는 확고히 믿고 있었다.

그리고 그런 믿음을 증명하기라도 하듯 위에서 아래로
떨어져 내리는 남궁창위의 검신에서는 사방으로 제왕기가
폭사되어 나가고 있었다.

하나하나가 무엇이든 잘라 버리는 검기다.

피해도 죽는다. 피하지 못해도 죽는다.

그렇기에 피할 수 없고, 그렇기에 패왕의 검이 될 수 있
다.

처음부터 남궁창위가 노렸던 것이었다.

제왕지로로 이현이 피할 수 있는 공간을 지우고, 제왕지
로에서 뿜어져 나온 기운으로 이현의 몸을 옭아맨다. 거기
에 패왕의 검으로 이현을 양단한다.

전력을 쏟아 냈다.

막대한 공력이 소모되는 일이기도 했다.

남궁창위조차도 후유증을 걱정해야 할 만큼 파괴적인 초식이었다.

　팔성.

　남궁창위가 이루어 낸 모든 화후를 이 두 초식에 쏟아부었다.

　이로써 최소한의 변수조차 차단했다.

　벼락같이 이현의 머리 위로 떨어져 내리는 검.

　뒤늦게 이현이 움직이기 시작했지만, 그렇다고 달라지는 것은 없다.

　'적어도 팔 하나는 받아야 한다!'

　까득!

　독심을 먹고 이를 악물었다.

　남궁방위가 빼앗겼듯 이현의 팔도 빼앗아 올 작정이다.

　시궁창에 빠져 조롱거리가 된 남궁세가의 명예는 되돌릴 수 없어도, 동생의 복수는 할 수 있을 것이다.

　오늘 이 자리가 비무대 위라는 것이 아쉬울 따름이다.

　'끝이다!'

　스확!

　그렇게 남궁창위의 검이 아래로 떨어졌다.

　검에 담긴 제왕기가 밝게 빛나며 시야를 가득 채웠다.

　동시에.

'이런!'

남궁창위는 당황했다.

'그저 팔만 가져갈 생각이었건만!'

피하리라 생각했다. 하지만 마지막 순간까지 이현은 피하지 않았다.

검 끝에 걸리는 느낌은 없었다.

하지만 의심할 필요 없다.

패왕출검은 무엇이든 저항감 없이 베어 버리는 검이었으니까.

이현이 피하지 않았다면, 검은 필시 이현의 몸을 두 동강 내어 버렸을 것이다.

비무의 규칙에 어긋난 일이었다.

그때였다.

수욱!

무언가 남궁창위의 시야로 들어왔다.

그리고.

"태극구공!"

죽었으리라 생각했던 이현의 목소리가 귓가로 전해졌다.

"태극구공!"

이현은 외침과 동시에 손을 뻗었다.

'제왕은 개뿔!'

와락!

"큭!"

그대로 남궁창위의 멱살을 한 손에 그러쥐었다. 자세를 낮추어 돌진한다.

'팔성이라…… 검왕이라면 몰라도 네놈은 과분하지!'

퍼억!

가벼운 무게감과 함께 어깨에 남궁창위의 복부가 걸렸다.

'쥐뿔 능력 없는 놈이 왕 노릇하면 환관이 미쳐 날뛰는 법!'

그대로 힘주어 일어섰다.

'고로 너 같은 놈이 펼치는 제왕검 따위 가까이 붙으면 끝이라는 것이다!'

현란한 초식도, 기교도 없는 검.

대신 기백과 기운의 운영만으로 압도적인 힘을 발휘하는 검.

결국, 무공을 펼치는 주체자의 능력에 따라 그 위력이 천차만별임을 의미한다.

그것이 제왕검법의 약점이다.

아니, 대성한 검왕을 제외한 다른 자들이 펼치는 제왕검의 약점이라 하는 것이 맞을 것이다.

이현이 마지막 순간까지 피하지 않고 버틴 것도, 검이 떨어져 내린 순간 남궁창위와의 거리를 없애 버린 것도 그 때문이다.

이현은 어깨로 남궁창위를 들어 올리며 소리쳤다.

"처음부터 끝까지!"

태극구공은 초식명이 아닌 무공명이다.

그러니 비무라는 규칙에 걸맞게 설명을 곁들어야 규칙을 지키는 것이 된다.

외출이라는 소원을 청해야 하는 확실한 우승 목적이 있는 이현이니 만큼 규칙은 준수해야 했다.

그리고.

돌렸다.

"으어어어엇!"

졸지에 허공에 떠올라 빙글빙글 돌게 된 남궁창위의 입에서는 격 떨어지는 비명이 터져 나왔다.

그러나 이현은 깔끔히 무시했다.

그저 계속해서 태극구공을 펼칠 뿐이다.

살심(殺心)을 품지 않는 이상 심판이 멈추라 소리치기 전까지는 마음대로 굴려도 그만이다.

허공에다가 던졌다가 받아 냈다. 완맥(緩脈)을 잡아 바닥에 패대기쳤다가 다시 쭉 당겨 몸을 일으켜 세웠다. 다리를 걸어 넘어트릴 듯하다가 팔꿈치로 겨드랑이를 쳐들어 올린다.

남궁창위는 마치 무언가에 빨려 들어가기라도 하듯 이현의 몸에 찰싹 달라붙었다.

마치 꼭두각시 인형을 갖고 노는 듯했다.

인력과 척력.

흐름과 자전.

그 미묘한 균형을 이루어야만 비로소 태극구공의 묘를 이룬다.

이현의 몸동작에 따라 이리저리 날아가고 돌아가는 남궁창위가 기운을 끌어 올려 벗어나려고 했지만.

'어딜!'

그것을 가만히 내버려 둘 만큼 자비로운 이현이 아니었다.

"컥!"

자연스럽게 이현의 몸을 타고 도는 남궁창위의 입에서 억눌린 신음이 터져 나왔다.

서로가 몸과 몸을 접한다. 하나는 다분히 수동적으로 휘둘리는 쪽이고, 하나는 다분히 능동적으로 휘두르는 쪽이다.

휘두르는 입장에서 기운이 통하는 혈도를 치는 것은 일도 아니다.

그렇게 이현이 혈도를 쳤으니 남궁창위가 끌어 올린 기운은 다시 흩어질 수밖에 없다. 아니, 오히려 외부의 충격으로 흩어진 그 기운이 남궁창위를 공격하며 내상을 입게 하고 있었다.

칼자루는 이미 이현이 쥐고 있었다.

자존심 강한 남궁창위가 몇 번이고 기운을 끌어 올려 반격을 꾀하려고 했지만, 그럴수록 내상만 깊어질 뿐이었다.

그렇게.

태극구공이 끝을 고하고 있었다.

이현이 양손을 가슴 높이로 들어 올렸다.

팟!

그리고 마치 두 손을 비비듯 교차하여 잡아당겼다.

활개를 펼치듯 양팔을 벌리고 선 이현.

"푸화악!"

그리고 그 앞에 남궁창위가 저절로 돌고 있었다.

태극구공의 영향으로 진탕된 내부에 몇 번의 내상.

빙그르르 돌면서 내뿜어 대는 선혈이 긴 꼬리를 그리며 원을 만들고 있었다.

툭!

한참이 지나서야 쓰러지는 남궁창위의 모습은 마치 실 끊어진 인형 같았다.

언제 놓쳤는지도 모를 검은 비무대 한쪽에 꽂혀 있었고, 단정하게 묶었던 머리칼은 산발이 되어 있었다. 잘생긴 얼굴에는 코에서 흘러내는 피와 내뿜었던 핏자국이 뒤엉켜 흉한 모습을 그려 내고 있었다.

끝이다.

"무, 무당 제자 이현 승!"

이현의 승리를 알리는 외침이 비무대 가득 울려 퍼졌다.

"······."

미련 없이 몸을 돌려 버리는 이현이었지만, 그런 이현에게는 어떠한 찬사나 환호도 쏟아지지 않았다.

'쩝! 거 사람들 하고는······!'

믿기지 않았기 때문이다.

당연히 압도하리라 생각했던 남궁창위가 너무나 허무하게 패했다는 것이 첫 번째 이유다. 그럼에도 운이 아닌 이현의 실력 때문이었음이 두 번째 이유였고, 제왕검을 펼친 남궁창위를 굴복시킨 것이 무당의 기본공인 태극구공이라는 것이 세 번째 이유였다.

저벅. 저벅.

이현은 얼어붙은 좌중들의 반응에 속으로 투덜거리면서
도 비무대 한쪽으로 걸어갔다.

그곳에 소동들과 청화가 있었다.

씨익.

웃었다.

"봤냐? 어때? 멋있었어?"

장난스럽게 자랑하듯 물었다.

"에? 예? 예! 멋있었어요! 진짜진짜 멋있었어요! 우리 교관
님 최고!"

"맞아요! 이제 다른 조 애들도 못 놀릴 거예요! 그런데
아까 그거 진짜 태극구공이에요? 저희가 알던 그거요?"

이현의 물음에 멍하니 얼어붙어 있던 소동들이 고개를
끄덕이며 활짝 웃는다.

두 뺨에 홍조를 띄우고 신이 나서 재잘거리는 모습을 보
니 가히 열광적인 반응이다.

"그럼! 그 태극구공이지. 다음에 가르쳐 줄게."

"우와!"

"교관님 진짜진짜진짜 최고!"

별것 아니라는 듯 말하는 이현의 대답에 소동들은 난리
가 났다.

제왕검을 쓰러트린 태극구공이다.

이현이 그것을 가르쳐 주겠다고 하니 소동들의 입장에서는 좋을 수밖에 없다.

'물론 개나 소나 다 이렇게 할 순 없겠지만.'

자신이니까 가능한 일이다.

이현도 알고 있다.

하지만 앞으로의 원활한 교육 활동을 위해 진실을 침묵해 주는 미덕을 발휘하는 융통성 정도는 가지고 있었다.

그렇게 이현이 소동들과 시시덕거릴 때였다.

"어어엇!"

"교, 교관님!"

별안간 얼어붙어 있던 관중들 사이에서 소란이 일어났다. 소동들도 마찬가지다. 화들짝 놀란 얼굴로 이현을 부른다.

그리고.

"나는…… 나는 아직 패하지 않았단 말이다!"

등 뒤에서 남궁창위의 목소리가 들려왔다.

소란스러운 분위기.

등 뒤에서 빠른 속도로 가까워지는 남궁창위의 기척.

서늘하게 전해지는 감각의 경고.

'거참! 뒤통수 까려거든 제대로 까던가.'

굳이 뒤돌아보지 않아도 상황은 충분히 짐작할 수 있었

다.

'그럼…… 죽여도 되는 거지?'

규칙을 어긴 이는 남궁창위다.

기습하였고, 이제 이현은 자신의 방어를 해야 하는 처지다.

갑작스러운 기습에 대한 방어.

섬세한 힘 조절은 사실상 기대하기 어려운 상황이다.

이대로 남궁창위를 죽여도 실수라는 한마디면 누구도 무어라 하지 않을 것이다.

꽈악!

주먹을 움켜쥐었다.

후웅!

태극무해심공의 공력이 주먹을 타고 휘돌았다.

이대로 돌아서 내지르기만 해도 척추를 부러트릴 수 있을 리라.

'그래. 자존심 강한 남궁가 놈이 이대로 끝나면 아쉽지!'

비무 대회가 시작되었을 때부터 알고 있었다.

대진표에 웃기지도 않는 장난질을 쳐 놓은 인간이 누구인지쯤은.

도발했으니 죽인다.

혈천신마로서는 당연한 일 처리다.

내심 이러한 상황을 기대했고, 유도했다.

부러 큰 상처를 입히지 않은 것도, 태극구공만으로 상대한 것도, 하다못해 등을 보여 빈틈을 노출한 것도 모두 그 때문이다.

'그 전에 이것부터.'

등 뒤에 따끔하게 전해져 오는 예기.

이현은 몸을 돌림과 동시에 발로 비무대 바닥을 강하게 강타했다.

텅!

남궁정걸을 패퇴시킬 때처럼.

이현의 발 구름에 비무대 바닥이 일어나 남궁창위의 검을 멈춰 세웠다.

'이제 죽자!'

이대로 주먹을 내질러 남궁창위의 숨통을 끊어 놓을 심산이었다.

하지만.

"노오옴!"

펑!

별안간 터져 나오는 노호성과 함께, 남궁창위의 신형이 옆으로 날아가 버렸다. 마치 꺾여진 활대처럼 보이지 않는 무언가에 격타(擊打)당해 날아가는 듯했다.

그리고 남궁창위가 있던 자리에 다른 존재가 대신 서 있
었다.

"손주 녀석이 허튼짓했군. 사과하지."

창천검왕. 남궁성왕이었다.

그는 모든 이들이 보는 앞에서 고개를 숙이는 것으로 이
번 사건을 일단락시켰다.

"부족하면 저 녀석의 팔도 내주지."

第四章

비무가 끝나고 시상식이 있었다.

남궁세가는 불참했다.

결승에서 있었던 불상사 때문이다.

남궁창위의 팔을 내주겠다는 남궁성왕의 제의는 거절했
다. 받아 봐야 쓸 데도 없고, 지켜보는 눈도 많았다.

'약은 노인네!'

팔을 내놓으라고 하면 속 좁은 인간이 되어 버린다.

남궁성왕도 그것을 알고 한 제의일 것이다.

물론 다른 사람의 시선 따위는 신경 쓰지 않는 이현이니
얼마든지 속 좁은 인간이라고 욕먹어 줄 용의는 있었다.

하지만 팔 내놓으라 답하기도 전에 장문인인 청성진인과 스승인 태극검제 청수진인이 나서 상황을 수습해 버렸다.

그런 상황에서 이현이 무어라 하겠는가.

'뭐 얻을 것은 얻었으니까.'

시상식에서 원하는 것을 얻었다.

외출.

장문인이 난색을 보이기는 했지만, 고개를 끄덕여 허락의 뜻을 내비쳤다. 모두가 보는 앞에서 한 약속이니 물릴 수도 없을 것이다.

'이제 신강에 갈 수 있다!'

그것만으로 이현은 만족하기로 했다.

그렇게 이현이 고개를 끄덕이고 있을 때.

"축하해, 사질! 아니, 이제 무당잠룡(武當潛龍)이라고 불러야 하나?"

청화가 다가와 어깨를 두드렸다.

생긋 웃는 얼굴이었는데 이현은 와락 인상이 찡그려졌다.

"……개뿔!"

"왜? 멋지잖아! 무당잠룡!"

별호가 생겼다.

암암리에 무당파 내에서 무당신성이라 불리던 것이, 비

무가 끝난 뒤에는 무당잠룡으로 바뀌어 있었다.

당연한 일이었다.

오검연 비무 대회 우승자다.

심지어 창천옥룡이라 하는 남궁창위를 어린애 가지고 놀 듯 간단히 패퇴시킨 주인공이다.

그렇게 생겨난 별호가 무당잠룡이었다.

지금껏 세상에 아무런 두각도 보이지 않다가 이번 비무에서 그 모습을 드러냈다고 잠룡이라 부른 것이다.

그리하여 무당의 잠룡. 무당잠룡이 되었다.

"잠룡은 무슨! 낯간지럽게! 차라리 무당신마(武當神魔)라고 하던가!"

"응? 무당신마? 마(魔)는 나쁜 뜻이잖아!"

"잠룡은 약해 보이잖아."

"아! 그러고 보니 그러네? 창천옥룡. 무당잠룡. 음…… 창천옥룡은 이미 용인데, 잠룡은 아직 승천하지 못한 용이라는 뜻이니까……."

이현의 말에 청화가 고개를 주억거렸다.

듣고 보니 그럴듯한 모양이다.

하지만 이현이 무당잠룡이란 별호를 달가워하지 않은 진짜 이유는 따로 있었다.

'너무 정파다워!'

딱히 마도에 정이 있어서 그런 것은 아니다.

사파의 별호는 사실적이고 나쁜 놈답다. 마도의 별호는 패도적이고 잔인하다.

그에 반해 정파의 별호는 낯간지럽다.

창천옥룡이니 뭐니 하는 것들이 그렇듯 죄다 얼굴에 금칠하는 것뿐이다.

비난과 욕설은 익숙해도 찬양과 찬탄에는 익숙하지 않은 이현이다. 그런 이현에게 있어서 정파다운 별호는 소름이 돋을 만큼 오글거리게만 느껴졌다.

그리고.

"뭘 이렇게 달라붙는 것들이 많은지……!"

태극구공으로 제왕검공을 꺾었다.

비무대 위에서 직접 보여 준 신위이니 의심할 여지가 없다. 그러다 보니 무당파 내에서도 은근히 접근하는 이들이 생겨나고 있는 실정이다.

슬쩍 다가와서는 자신에게, 혹은 자신의 제자에게 태극구공을 전수해 줄 수 없는지 은근슬쩍 물어 오곤 했다.

그뿐만 아니다.

이제는 무얼 하든 일거수일투족을 관심의 눈길로 바라보는 시선이 늘었다.

무당잠룡이란 별호가 낯간지럽고 소름 돋는다면, 이건

귀찮고 짜증 나는 일이다.

"그거야 모두 네게 기대가 커서 그런 거잖아."

"그러니까 그게 싫다고!"

낯간지러운 친절과 호의도, 그렇다고 주의 깊은 관심도
싫다.

낯설다.

그냥 혈천신마 때와 같이 내키는 대로 살고 싶은 이현이
다.

그러니 자신에게 쏟아지는 이 기대가 반가울 리 만무했
다.

이현이 그렇게 투덜거리는 사이.

"아! 맞다!"

청화는 헤실헤실 웃다가 이내 무언가 떠올린 모양이다.

"왜 그랬어?"

"뭘?"

"그러니까 왜 그랬냐고."

밑도 끝도 없는 질문에 이현은 청화를 바라보았다.

"그러니까 뭘 왜 그랬냐는 건데?"

"너 태극혜검 쓸 줄 알잖아! 그런데 왜 안 썼어? 비무 때
는 계속 기초 무공만 썼잖아. 결승에서도 태극구공만 쓰고.
아! 그리고 진무관에 폐관 수련할 때도 기본 무공만 살폈잖

아. 고급 무공 쪽은 신경도 안 쓰고."

청화가 내내 궁금했던 사실이었다.

비무대 위에서 이현이 펼친 무공들은 하나같이 별 볼 일 없는 것들뿐이었다. 요즘은 삼류 잡배들도 잘 쓰려 하지 않는 것들이다. 그나마 쓸 만한 것이라면 태극구공이지만, 그것도 무당파의 기본공인 것은 똑같았다.

태극혜검이라는 무당검공의 정점에 위치한 무공을 펼칠 수 있음에도 굳이 그러지 않았으니 의문이 생기는 것은 당연했다.

"왜 그랬어?"

청화가 묻는다.

*   *   *

"그저, 그저 운이 나빴을 뿐입니다! 다시 싸운다면 얼마든지 이길 수 있는 놈이었습니다!"

남궁창위는 지금껏 비무에서 이현을 상대한 이들과 같은 소리를 하고 있었다.

붕대를 감은 가슴이 뻐근해졌다.

늑골이 부서졌다. 하지만 그건 이현 때문이 아니다.

이현에게 당한 부상이란 조금의 내상이 고작이다.

늑골이 부서진 건 이후 그의 조부인 남궁성왕이 손을 쓴 것 때문이지 이현 때문이 아니었다.

그러니 더욱 인정할 수가 없다.

남궁세가의 절대검공인 제왕검법을 쓰고도 고작 무당파의 기본공인 태극구공에게 밀렸다. 얼마든지 싸울 수 있는 상태였는데도 심판은 이현의 승리를 선언했을 뿐이다.

무엇하나 인정할 수 있는 근거가 없다.

분을 이기지 못하고 섣부른 행동을 한 것도 그 때문이다.

뒤에서 기습했던 일이었다.

그 때문에 남궁창위와 남궁세가의 명예는 더욱더 나락으로 떨어졌다.

자존심 강한 남궁창위는 그것이 더욱 참기 어려웠다.

최악이다.

명예를 회복해야 한다.

복수해야 했다.

남궁세가의 검이 얼마나 대단한 것인지를 다시 증명해야 했다.

그래서 아직 낫지도 않은 몸으로 다시 일어서려고 했다.

"그만."

하지만.

그의 조부인 남궁성왕의 목소리는 섬뜩할 정도로 무심하

기만 했다.

"다시 싸우면 이길 수 있다?"

아무런 감정도 담겨 있지 않은 물음.

남궁창위를 쭈뼛하게 만드는 목소리였지만, 그렇다고 물러설 수는 없었다.

"특별할 것도 대단할 것도 없는 수였습니다. 얼마든지 이길 수 있는 상대였습니다! 그저 운이 없었을 뿐입니다."

확고한 생각을 밝혔다.

"아시지 않습니까?"

그리고 남궁성왕 또한 그 사실을 알고 있으리라 믿었다.

남궁창위의 주장에 남궁성왕의 눈길이 서늘해졌다.

"검제의 제자다. 녀석은 태극혜검을 익혔지."

"하지만 그놈은 펼치지 않았습니다. 얼마나 우리 남궁세가를 무시하였기에 그런……!"

"맞다. 펼치지 않았다. 그리고…….."

흥분한 남궁창위의 말을 가로막은 남궁성왕은 잠시 뜸을 들였다.

그리고 말했다.

"놈은 한 번도 검을 쥐지 않았지."

단 한 번도.

비무에서 검을 쓰는 일은 없었다. 남궁세가의 무인들은

물론, 누구에게도 검을 써 보이지 않았다.

남궁성왕은 그것을 확실히 인지하고 있었다.

"태극혜검은커녕, 검조차 들지 않았다. 다시 싸운다면 이길 수 있다?"

조용한 물음.

남궁창위는 안다.

조부의 그 물음이 대답을 원하고 내뱉은 물음이 아니라는 사실을.

짐작은 틀리지 않았다.

"아니, 다시 싸워도 마찬가지다. 그곳이 비무대가 아니라면 패배로 끝나지는 않았을 것이다."

확정적이다.

"……."

남궁창위는 대답할 수가 없었다.

너무나 쉽게 인정해야만 하는 이유가 생겨 버렸다.

한쪽은 전력을 다하고도 패했고, 한쪽은 가진 것의 일부조차 보여 주지 않고도 승리했다.

명백한 격차다.

다시 싸운다고 해서 승패가 바뀔 것이라 기대할 수 없을 정도로 극명한 차이다.

"그 자리가 비무였음을 감사히 여겨라."

남궁성왕은 차갑게 말하며 일어섰다.

비무가 아니었으면 죽었다. 아니, 최소한 남궁방위가 그랬던 것처럼 팔 하나를 내줬어야 했다.

"쉬어라."

남궁성왕은 방을 나섰다.

탁!

"으아아아아악!"

닫힌 방문 너머로 남궁창위의 괴성이 들려 왔다.

인정하기 싫음에도 인정해야 한다.

"힘들겠지."

그 마음을 안다.

같은 마음이다.

남궁창위의 화후가 칠성이 아닌 팔성이라는 것도 처음부터 알고 있었다. 그렇기에 묵인했던 일이다. 아니, 칠성이라 하더라도 충분히 가능성은 있으리라 생각했다.

하지만 틀렸다.

잘못된 판단의 대가는 뼈저리게 혹독했다.

"검은?"

남궁성왕이 조용히 말했다.

"여기 있습니다."

그 말에 대기하고 있던 수하가 급히 다가와 무언가를 내밀었다.

검이다.

남궁창위의 검.

미리 수하를 시켜 그 검을 확보했다.

"그런데 이 검은 어쩐 일로……."

검을 가지고 온 수하가 의문이 가득한 질문을 던졌지만, 남궁성왕은 대답하지 않았다.

대신.

쩡!

"헙!"

손을 들어 검을 내리쳤다.

별다른 공력이 깃든 것도 아닌데 검은 너무나 쉽게 부서져 버렸다.

그 광경에 질문을 던졌던 수하가 놀라 헛숨을 삼켰지만, 남궁성왕의 관심은 온통 부서진 검에 쏠려 있었다.

꿈틀!

남궁성왕의 검미가 꿈틀거렸다.

"……십단금!"

부서진 검신에 아로새겨진 번개 모양의 상흔.

부서진 남궁성왕의 검에 남겨져 있던 그 흔적이 남궁창위의 검에도 남아 있었다.

의미는 간단했다.

"그 아이였단 말인가!"

어떻게 장법을 쓰지 않고 십단금을 쓸 수 있는지는 알지 못한다.

하지만 눈앞의 증거가 말해 주고 있다.

남궁성왕 본인의 검을 부러트린 장본인이 누구인지를.

— 끌끌끌! 불만 가득한 눈빛 하고는! 아주 이 늙은 몸뚱이 잡아 잡수시기라도 하겠어! 도와준 것도 모르고 날뛰는 꼴이 참 볼만하다. 이 육시랄 것아!

남궁방위의 팔을 베었던 그날.

이현을 만난 직후 마주했던 광도 혜광의 목소리가 뇌리로 되살아났다.

피식!

웃음이 나왔다.

"질기군."

남궁세가의 패배였다.

*　　　*　　　*

청화의 물음에 이현은 웃었다.

"무인이 언제 가장 화가 나는 줄 알아?"

"음…… 싸움에서 졌을 때?"

"맞아. 그런데 어떤 싸움에서 졌을 때일까?"

"그, 글쎄?"

거기까지는 아직 생각해 보지 못했는지 청화가 고개를 저었다.

그런 반응에 이현의 웃음은 더욱 짙어졌다.

"황당한 패배. 이길 수 있는데 진 싸움. 그럴 때 가장 화가 나지."

"왜? 왜 그럴 때 제일 화가 난다는 거야? 막 너무 강한 상대라 아무것도 할 수 있는 게 없다든가, 치열하게 싸우다가 한끝 차이로 패한다든가…… 그럴 때가 제일 화가 나는 것 아니야?"

"그러면 차라리 속이라도 시원하지. 싸울 만큼 싸웠고 해 볼 수 있는 만큼 해 봤고, 그것도 아니면 아예 상대가 압도적으로 강한 것이니까. 분하고 아쉬울 순 있어도 짜증은 안 나."

"그럼 황당하게 패하면 짜증이 나는 거야?"

"다시 싸우면 언제든지 이길 수 있을 것 같거든. 실력을 떠나서 운이 없어서 진 것 같으니까. 거기에 쪽팔리게 지기라도 하면 더 짜증 나지."

혈천신마는 평생을 투쟁 속에 살았던 인간이다.

그때의 경험을 가진 이현은 무인이 어떨 때 가장 짜증 나고 화가 나는지 잘 알고 있었다.

승복할 수밖에 없는 강자에게 패하는 건 차라리 영광이다. 지는 것이라면 질색을 하는 이현이라도 마찬가지다.

막상막하의 호적수에게 패하는 것도 분하겠지만 인정할 수 있는 일이다. 다음에는 반드시 이길 것이라 다짐하고 발전의 계기로 삼으면 그뿐이다.

하지만 황당하게!

인정할 수 없는 패배를 당한다면, 심지어 그 과정에서 창피한 꼴까지 보였다면 이야기는 달라진다.

화만 나는 것이 아니다. 짜증이 골수에 미친다. 패배와 망신의 순간이 머릿속에서 떠나질 않는다. 잠자다가도 밥 먹다가도 생각난다.

무인은 칼날 위에 살아가는 존재.

심법과 수양으로 마음을 금강석과 같이 굳건하게 한다고 하지만, 실질적으로 가장 정신적으로 불안한 존재가 무인이다.

언제 죽어도 이상하지 않는 삶 속의 존재이기 때문이다.

"앵속 같은 거야. 아니, 더 나쁜 것이지. 앵속은 할 때는 기분이 더 좋아지니까."

"앵속하면 기분 좋은 걸 네가 어떻게 알아?"

"사소한 건 넘어가고! 아무튼, 앵속보다 더 지랄 같은 거
야. 생각나면 짜증만 나니까. 억울하고 분하고 짜증 나고,
쪽팔리고. 그게 내내 머릿속에서 떠나질 않아. 그러다 마침
내 말도 안 되는 실수를 반복하기 시작하지. 마치 심마(心
魔)에 빠진 것처럼."

상대의 수를 읽고 그보다 몇 수 앞을 내다봐야 하는 이가
무림인이라지만, 동시에 상념을 지워야 하는 이들 또한 무
림인이다.

머릿속에 생각이 가득하면 실수를 저지르게 된다.

주화입마나 다름없다.

그리고 그만큼 위험하다.

목숨이 오가는 순간 저지르는 어처구니없는 실수는 곧
죽음을 의미한다.

"싸우자고 덤비는 놈한테 누구 좋으라고 깔끔하게 이겨
줘?"

비무에서 이기는 것만이 끝이 아니다.

비무가 끝난 뒤에도 상대를 철저히 망가트리는 것.

이현이 진무관에서 기본공만 살피고, 실제로 비무에서
기본 무공만 펼친 이유가 그것이다.

"와······!"

청화는 감탄했다.

"왜? 존경스러워?"

그 모습에 괜히 우쭐해졌다.

하지만.

"넌 악마야!"

청화의 눈엔 그저 이현이 악마처럼 보일 뿐이다.

아니, 악마보다 더 악독한 인간임이 확실했다.

*   *   *

"악마는 개뿔! 내가 악마면? 그 늙은이는? 마신이냐!"

혈천신마 야율한이었던 이현도 혀를 내두르는 진정한 악의 화신.

아니, 악의 근원!

그에 비한다면 마의 종주라 불리는 천마는 그저 산골 촌동네 악동에 불과했다.

그의 이름은 혜광.

그가 돌아왔다.

남궁세가를 비롯한 오검연에 참석했던 다섯 문파가 무당파를 떠나던 그날 저녁.

내내 코빼기도 보이지 않던 혜광은 언제 그랬냐는 듯 당당히 모습을 드러냈다.

그리고.

"끌끌끌! 귀가 간지러운 것을 보니 또 내 뒷담화를 까고 있었나 보구나! 일단 맞자!"

다짜고짜 두 팔을 걷어붙이고 이현을 향해 달려들었다.

핑계일 뿐이다.

맞아야 하는 이유치고는 너무나 빈약하다.

이현도 곱게 맞아 줄 만큼 사문의 웃어른에게 지극한 공경심과 굳은 믿음을 가진 모범적인 무당의 제자가 아니었다.

당연히 반발했다.

"그게 뭡니까? 차라리 솔직히 말하십시오! 그냥 때리고 싶다고!"

어차피 예의를 차리나 안 차리나 결과는 똑같다.

차라리 속 시원하게 하고 싶은 말이라도 하고 사는 것이 정신 건강에라도 좋다.

아니, 솔직히 말하자면 정곡을 찔린 혜광이 움찔이라도 하길 바랐었다.

하지만.

"오냐! 그냥 때리고 싶으니 넌 좀 맞아라!"

애초에 혜광에게 염치와 양심을 기대하는 것은 무리다.

오히려 당당하게 소리치고 있지 않은가.

그냥 때리고 싶으니 맞으라고.

"염병!"

나지막하게 불만을 씹었지만, 그것이 마지막이다.

혜광은 정말 신들린 듯 주먹을 휘둘렀다.

이현이 할 수 있는 것이라고는 없었다.

피하고 막아 봐야 소용없다.

피해도 맞고, 막아도 뚫린다.

무당잠룡이란 별호를 얻었듯, 세상에 그 무위를 인정 받은 이현이었지만, 그것도 다 혜광 앞에서는 부질없는 일이었다.

그냥 맞아야 했다.

그리고 혜광은 지난 며칠간 이현을 때리지 못했던 몫을 한 번에 털어 냈다.

일각도 걸리지 않은 일이다.

"클클클! 이제야 속이 좀 개운하구나!"

두드려 맞아 누더기가 되어 널브러진 이현을 두고 혜광은 만족스럽게 웃었다.

"이제 사질 놈들도 보러 가야겠구나!"

그리고 오늘 무당파에 일어날 비극을 암시하는 혼잣말을

중얼거리고는 자리를 떠나 버렸다.

안 봐도 뻔했다.

오늘 무당파의 청화를 제외한 모든 청자 배분 도인들은 죽기 직전까지 맞으리라.

그렇게 혜광이 훌쩍 떠나버리고 난 뒤.

주륵!

"염병할 늙은이! 미치려면 곱게 미치던가!"

이현은 쌍코피 흘러내리는 코를 훔치며 몸을 일으켰다.

몸 구석구석 안 아픈 곳이 없다.

혈천신마의 체면만 아니었으면 울고 싶을 정도의 고통이다.

"어디 한 군데 부러트리지도 않고 어떻게 이렇게 잘만 팰까?"

감탄이 절로 나왔다.

이렇게 흠씬 두드려 맞았는데 어디 하나 부러지거나 상한 구석이 없다.

입술 좀 터지고 쌍코피 나고, 눈탱이 밤탱이 된 것을 제외한다면, 다른 데는 멍도 들지 않았다.

그마저도 하룻밤 자고 나면 멀쩡해질 것이다.

지금까지 그랬다.

"사람 패는 데는 도가 텄어!"

구타에 있어서는 이미 신의 영역에 도달해 있는 것이 확실했다.

"빌어먹을! 이제는 얼추 보인다 싶었는데……."

분하고 억울했다.

말은 하지 않았지만, 이제는 혜광을 따라잡는 것도 가시권 안으로 들어왔다고 생각했었다.

자존심 상하는 일이지만, 맞다 보니 어느 정도 배우는 것도 있었다. 아니, 몸이 알아서 습득했다는 말이 맞을 것이다.

하지만 착각이다.

오랜만에 다시 맞아 봄으로써 확실히 깨달았다.

눈 안에 들어왔다 생각했던 혜광의 경지는 그보다 더 먼 곳에 있었다.

"내 전문 분야인데……!"

혈천신마였을 때.

구타와 협박, 살인과 갈취는 혈천신마의 전문 분야였다.

그중 세부 분야를 따지자면 살인에 압도적인 전문성을 지니고 있지만, 나머지도 가히 천하제일이라 불리기 부족함이 없을 정도였다.

그런데 아니다.

최소한 구타에서 만큼은 혜광이야말로 천하제일이다.

그렇지 않고서야 이렇게 두드려 맞고도 왜, 어떻게 맞았는지 감조차 잡히지 않을 리가 없다.

"젠장할 무당파!"

다시 지옥이 도래했다.

혜광 그 자체가 이미 불가에서 말하는 팔대지옥과 같은 의미의 존재였다.

잠시 잠깐의 극락 체험이 끝나고, 다시 일상의 답 없고 암울한 시절의 복귀를 의미하는 것이기도 했다.

그래도 이현은 포기하지 않았다.

희망을 버릴 수 없었다.

"버티자! 조금만 버티면 이 거지 같은 무당파도 벗어날 수 있다!"

이미 비무 대회 우승 소원으로 외출을 획득해 놓은 상태다.

이제 적당한 때에 날 잡고 출발하기만 하면 된다.

지긋지긋하게 이현을 나락으로 떨어트렸던 무당파도 벗어나고, 팔대지옥과 이음동의(異音同意)어와 같은 존재인 혜광의 마수에서도 자유로울 수 있다.

그러니 버텨야 한다.

준비는 거의 끝나 가는 상황이다.

'준비랄 것도 없지만…….'

노잣돈이야 그동안 간저패에게 받아 놓은 돈만 해도 제법 된다. 거기에 이번 투투로 발생한 이익의 절반까지 받기로 약속되어 있다.

　어마어마한 금액이다.

　그 돈이면 홀로 신강 왕복만이 아니라 강호 전역을 주유해도 남을 돈이다.

　"주지육림(酒池肉林)!"

　신강 왕복을 목적으로 잡는다면, 갔다 오는 내내 술로 연못을 만들고 고기로 숲을 이룰 수 있는 돈이다.

　그동안 억압되어 왔던 욕망과 욕구를 풀 수 있는 절호의 기회다.

　히쭉.

　생각하는 것만으로도 절로 웃음이 났다.

　"조금만 참자! 조금만!"

　조금만 참으면 다시 극락이 펼쳐질 것이다.

　그리고 닷새 후.

　이현은 무당파를 떠났다.

* 　　* 　　*

　다그닥! 다그닥!

두 마리 말이 이끄는 마차가 오솔길을 지나가고 있었다.

말은 서두르지 않고, 마차는 여유로웠다.

그리고.

"빌어먹을!"

마부석에 앉은 이현은 절규하고 있었다.

"내 외출은! 내 자유는!"

가슴속 깊은 곳에서 끓어오르는 절절한 분노에 목이 멜 지경이었다.

덜컹!

그러던 차에 돌부리를 밟고 크게 한 번 들썩이는 마차.

"이놈아! 운전 똑바로 못 해? 이 나이에 엉치뼈 나가기라도 하면? 네놈이 책임질 게냐? 안 되겠다. 네놈이 아직 매가 부족해서……!"

대번에 마차 안에서 까랑까랑한 외침이 터져 나왔다.

동시에 마차에 난 창문 밖으로 쑥 고개를 내미는 신경질적인 인상의 노 도사는 어디로 보나 혜광이었다.

호시탐탐 구타를 위한 기회를 엿보던 위인이 이런 기회를 놓칠 리 없다. 당장에라도 뛰쳐나와 한바탕 푸닥거리를 할 기세다.

그때였다.

"아이참! 사질이 일부러 그랬겠어요? 사숙께서 이해하셔야죠. 비록 버릇없고 찌질하고, 무공 빼고는 할 줄 아는 것도 없지만…… 그 정도는 사문의 어른으로서 넓은 마음으로 포용해 줘야 하잖아요."

때리는 시어머니보다 밉다는 얄미운 시누이처럼 혜광을 만류하는 목소리가 있었다.

두 번 생각할 것도 없이 청화다.

"안 그래요? 사형?"

그런 청화가 묻는다.

"허허허허허!"

그 물음에 마차 안에서 사람 좋은 웃음이 터져 나왔다.

으득!

이현은 절로 이가 갈렸다.

'저것들은 왜 따라온 거야!'

자유!

주지육림!

그동안 무당파에서 억눌려 왔던 모든 것에서 해방될 것이라 믿었던 외출!

그 외출에 찰거머리 같은 세 사람이 따라붙었다.

혜광, 청화, 청수진인이다.

이현은 나라 잃은 백성의 표정으로 먼 하늘을 떠올려 보았다.

"어쩌다 이렇게 됐을까……!"

나지막한 혼잣말엔 깊은 탄식이 섞여 나왔다.

第五章

시간을 거슬러.

모든 것이 순탄하고 밝고 찬란했던 한때.

준비는 완벽했다.

떠나 올 때도 무엇 하나 걸리는 것 없었다.

"그럼 제자 너른 세상을 경험하고 무당의 명성을 드높일 훌륭한 인재가 되어 돌아오겠습니다!"

장문인인 청성진인 이하 무당의 모든 웃어른이 지켜보는 앞에서 당당히 마음에도 없는 인사를 올리며 길을 떠났다.

보무당당한 걸음이었다.

날아갈 듯 가벼운 걸음이었다.

"조심해서 다녀오세요!"

"올 때 맛있는 것 사 오세요!"

해맑은 소동들의 배웅 소리에 콧노래가 절로 나왔었다.

그때 알았어야 했다.

그 자리에 세 사람이 없었다는 것을.

아니, 이른 아침 함께한 아침 식사 자리에서조차 잘 가라는 인사가 없었다는 사실을.

어리석게도 그것을 깨닫지 못한 실책에서부터 모든 일이 틀어져 버렸다.

그리고.

불행은 등도촌에서 간저패를 만나면서부터 그 더러운 이빨을 드러냈다.

"내놔!"

즐거운 마음으로 무당산을 내려온 이현은 간저를 향해 손을 내밀었다.

비무가 끝난 이튿날 미리 언질을 주었던 것이니 망설일 것도 없었다.

"여, 여기 있습니다. 마, 말씀만 미리 해 주셨어도 더 좋은 것으로다가 맞춰 드릴 수 있으셨을 텐데……."

내민 손바닥 위에 비단보에 쌓인 길쭉한 무언가를 건네는 간저는 식은땀을 흘리며 눈치를 살폈다.

그러고는 변명 아닌 변명을 늘어놓는다.

"근방에 솜씨 좋은 야장을 섭외해서 급히 주문하기는 했으나, 재료도 시간도 부족해서 마음에 드실는지는……."

스륵.

그러거나 말거나 이현은 비단보를 풀어헤쳤다.

비단보에 감쳐 져 있던 것은 도다.

그 길이만 오 척(尺) 반, 도신의 폭은 두 척, 무게는 어림짐작으로도 서른네 근(斤)이나 되는 거도(巨刀)다.

도신 중앙에 파인 굵은 혈조와 칼등에 양각된 도명(刀名).

패천(覇天).

그것 말고는 별 볼 것 없다.

우악스러운 크기에 걸맞게 거도는 투박했고, 시간이 촉박했던 탓인지 날도 제대로 서 있지 않았다. 무게 중심도 미묘하게 틀어져 있었고, 도를 만드는 데 쓰인 철도 상품의 철이라 하기 창피한 수준이다.

하품(下品)의 칼이다.

대충 손 안에 들고 눈으로 거도의 빛깔만 보아도 알 수 있다.

간저가 불안해하는 것도 그 탓일 것이다.

하지만.

씨익.

이현의 입가엔 오히려 만족스러운 미소가 걸렸다.

묵직한 무게감이 전해 주는 묘한 근육의 압박이 좋았다.

"좋군! 도는 역시 이런 맛이지!"

투박해서 마음에 들었다. 미묘한 어긋남도 좋았고, 잡철을 겨우 벗어난 철로 만들어진 것도 좋았다.

아니, 이 정도면 기대 이상이다.

'혈마천패도보단 훨씬 좋군!'

혈천신마였을 때도 도를 썼다.

지금과 같은 크기, 비슷한 무게의 도였다.

그때는 주변에서 구하기 쉬운 잡철로, 마적들의 무기를 공급해 주던 이름 없는 대장장이를 협박하여 만들어 낸 것이었다.

그때에 비하면 지금의 거도는 훨씬 좋은 물건이다.

아니, 간저가 지금의 거도를 혈마천패도 수준으로 만들어 바쳤다 해도 무어라 할 마음은 없었다.

투박한 맛이다.

그 투박하고 다듬어지지 않은 야성으로 모든 것을 깨부수고 짓밟는 것이 바로 도가 가진 매력이었다.

그리고 이현은 얼마든지 지금 손안에 들린 패천을 신도로 바꾸어 낼 자신이 있기도 했다.

그 옛날 잡철로 만들어져 끝내 신도라 불리었던 혈마천 패도처럼.

"아주 마음에 들어! 잘했다."

"예? 예! 가, 감사합니다!"

예기치 못한 칭찬에 간저가 허리를 굽실 거렸다.

한바탕 치도곤을 당할 것을 예상했다가 예기치 못하게 칭찬까지 받았으니 간저로서는 당연한 반응이었다.

그러나 이현은 간저의 무사안일(無事安逸)과 생명 연장의 기쁨을 신경 써 줄 배려심 따위는 없었다.

척!

다시 손을 내밀었다.

"내놔!"

그리고 당당히 요구했다.

"……예? 무슨 말씀이신지?"

"투투 이익금 절반. 약속했잖아?"

어차피 약속 안 해도 필요하다 싶으면 얼마든지 당당한 얼굴로 삥을 뜯어먹을 이현이다.

하물며 약속까지 하지 않았던가.

그것도 대두가 기필코 주겠다고 사정해서 한 약속이다.

그러니 망설임 따위는 없었다.

아니, 어서 빨리 그 돈을 받고 자유와 주지육림이 가득한 신강 여행길을 떠올리며 행복한 상상의 나래까지 펼치고 있었다.

헌데.

"그, 그것이라면 이미 지급해드렸습니다만?"

간저의 입에서 뚱딴지같은 소리가 흘러나왔다.

"어, 언제?"

그 예기치 못한 의외성에 말까지 더듬었다.

"조금 전에 말입니다."

"조금 전?"

갈수록 가관이다.

줬단다. 심지어 조금 전이란다.

치매가 아닌 이상 조금 전에 받은 것조차 기억하지 못할 리 없다.

그런데 땡전 한 푼 받은 기억이 없다.

"설마 이걸로 퉁치자는 것은 아니지?"

이현은 혹시나 하는 심정으로 손에 든 패천을 들어 보였다.

여기서 간저가 만약 고개를 끄덕였더라면, 그대로 패천을 휘둘러 댕강 모가지를 잘라 버릴 심산이었다.

하지만 다행스럽게도, 혹은 애석하게도 간저는 도리도리 했다.

"미쳤습니까? 은전 한 냥도 안 되는 것을 가지고 그딴 사기를 치겠습니까? 제가 누굽니까! 간저입니다! 간저! 이 간저! 자리 보전과 목숨 보전을 위해 일평생을 받친 간저! 그런 제가 미쳤다고 그딴 짓을 저지르겠습니까? 죽고 싶어 환장했습니까?"

지방질 가득한 가슴까지 툭툭 두드리며 열변을 토한다.

확실히 억울해 보이긴 했다.

그런데 왜?

왜 받은 기억도 없는 돈을 줬다고 하는 것일까.

"드렸습니다! 그것도 조금 전에! 그리고 며칠 전에 부탁하신 마차도 저렇게 대령하지 않았습니까!"

간저는 자신의 결백을 주장하며 소리쳤다. 그리고 손가락을 들어 이현의 등 뒤를 가리켰다.

하지만 이현은 간저의 손가락에 반응하기보다는 귓가에 들려온 한 단어 집중했다.

"마차?"

시키지도 않은 일이다.

애초부터 마차타고 신강까지 이동할 생각조차 없었다.

"예! 저기 있지 않습니까! 저기에!"

그제야 이현의 시선이 간저의 손가락을 따라 이동했다.

그리고.

정말 이현의 뒤편 대로에 마차가 정차해 있었다.

"계집년도 아니고 뭔 할 말이 그렇게 많아! 왜? 매가 모자라더냐?"

덤으로 혜광도 있었다.

"사숙도 참? 자꾸 그렇게 폭력적으로 해결하려고만 하지 마시라고요!"

"허허허허!"

뿐만 아니다.

그런 혜광을 말리는 청화와 그저 사람 좋은 웃음밖에 지을 줄 모르는 청수진인까지 있다.

"……혹시 그 투투 이익금 줬다는 사람이 저 셋은 아니지?"

"저, 정확히는 저기 소리치고 계시는 노도사 분이십죠."

"……."

불안이 사실이 되었다.

이현은 입을 꾹 다물고 눈을 질끈 감았다.

하필이면 가져가도 혜광이 가져갈 것이 무엇이란 말인가.

이제 그 돈은 영영 찾을 수 없는 돈이 되어 버렸다.

와락 짜증이 났다.

"아! 대체 거긴 왜 계신 겁니까! 어디 마실이라도 나가신

답니까?"

대번에 목소리가 높아졌다.

"마실은 무슨 개똥 같은 소리냐! 네놈 보호관찰 때문이 아니냐!"

"그거 얼추 끝날 때 된 걸로 아는데요?"

"끝나기는! 오검연 동안 네놈 멋대로 날뛰지 않았더냐! 그건 기간에서 빼야지!"

한 마디도 지지 않는다.

되려 까랑까랑한 목소리로 소리를 질러 대는 혜광의 모습에 절로 한숨이 나왔다.

"……스승님은요?"

"허허허! 장문께서 이번 마교의 일로 신강을 조사해 주었으면 하시더구나."

첩첩산중이다.

장문인의 명령을 받았다는 데야 뭐라 할 말이 있겠는가.

혜광의 억지는 꺾을 자신이 없고, 청수진인의 이유는 반박할 거리가 없다.

이제 남은 것은 하나.

"어이! 쥐똥! 너는 또 왜 거기 앉아 있는 건데?"

"어허! 사고에게 쥐똥이라니!"

청수진인이 낮게 훈계했지만, 이현은 부러 못 들은 척했다.

자유로운 외출이 침해당할 위기에 처한 지금.

아니, 이미 침해당하지 못해 철저히 짓밟혀 똥통에 빠져 허우적대는 지금.

청수진인의 불호령 따위는 귀에도 들어오지 않았다.

그저 가만히 청화를 노려보며 대답을 기다렸다.

"응? 그냥 사형이 같이 가자고 하시던데? 그리고 너 아직 나한테 태극혜검 안 가르쳐 줬잖아!"

청화는 천진난만했다.

"……염병!"

그래서 뭐라 할 말도 생각나지 않았다.

*　　*　　*

어떻게 알았는지는 모르지만, 혜광의 몹쓸 솔선수범으로 노잣돈도 가로채졌다.

자유로운 외출은 짜증 나는 시어머니 같은 위인 셋이 혹으로 달라붙었다.

건수만 보이면 주먹부터 쥐어 쥐고 달려드는 혜광도 짜증 났고, 시누이보다 얄미운 사고 청화도 마음에 안 든다. 하다못해 이제는 그저 웃기만 하는 청수진인의 모습도 놀리는 것 같다.

신강으로 향하는 길은 즐겁지도 희망차지도 않았다.

'내 주지육림은……!'

이현의 방심을 뛰게 했던 주지육림의 원대한 포부도 사라진 지 오래다.

헌데.

펼쳐지긴 했다.

주지육림이.

이현을 포함해 무당파의 도사 넷으로 구성되어 있는 여행길에서.

하루도 빠지지 않고 이현이 그토록 바라마지 않던 주지육림이 재현되고 있었다.

물론, 이현에겐 그림의 떡이다.

당당히 무당파의 도복을 입고 주지육림을 실현하고 있는 주체가 혜광이기 때문이다.

"끌끌끌! 곡차가 참으로 향기롭구나! 오오! 이 오향장륙은 입에서 살살 녹는 아주 좋아! 끌끌! 이게 그 땡중들 파계시킨다는 그 불도장인가?"

아주 대놓고 술과 고기를 즐긴다.

종류별로 술을 시켜 들이켜고, 종류별로 음식을 시켜 입속으로 욱여넣는다.

고역이다.

고역도 이런 고역이 없다.

그림의 떡이나 다름없는 산해진미와 술을 눈앞에 내버려
두고 소채나 깨작거려야 하는 판이었으니까.

그것도 매일 저녁.

"거 그러지 말고 하나만 먹으면 안 되겠습니까?"

"어딜! 도적에 먹물도 안 마른 놈이 고기에 손을 대겠다
는 것이냐!"

"안 되면 그 곡차라도 주시던가요!"

"곡차는 무슨 개뿔 얼어 죽을 곡차야! 머리에 피도 안 마
른 것이 어디 어른 앞에서 술을 마시겠다고 난리를 쳐대는
것인지! 정녕 매를 볼 심산이더냐?"

참다못해 맛이나 좀 보자고 했더니 대번에 불호령이 떨
어졌다.

혜광은 그러는 사이에도 우적우적 고기를 삼키고 입가심
으로 술을 들이켜고 있었다.

"장기 여행 때는 허락되는 걸로 알고 있는데요?"

반박을 해 봤다.

화식을 금하는 무당파에서도 장기 여행 중인 제자에게만
은 육식과 음주를 허락했다.

장기 여행에서 생식만을 고집하는 것도 어려운 일인 데

다가, 타인과 함께하는 자리에서는 그것으로도 폐가 될 수 있기 때문이다.

그런 의미에서 보자면 이현의 반박은 나름 정당했다.

하지만.

상대가 혜광이다.

"죽고 싶으면 처마시고 처먹던가! 내 눈에 흙이 들어가기 전엔 절대 허락 안 한다! 안 그래도 요즘 밑에 놈들이 도가의 대중화니 뭐니 하면서 부분적으로 화식을 허락하자니 어쩌니 해서 열 뻗치는 판에…… 오냐! 한번 처먹어 보아라! 죽고 싶으면!"

꼭 단서를 달아도 이런 식으로 단다.

아니, 그것보다 이현의 관심을 끌어당기는 것은 따로 있었다.

"그럼? 우리가 그동안 풀만 뜯어먹은 게 사숙조 때문이었습니까?"

기억하기로 무당신검 때는 분명 무당과 도인들도 술도 마시고 고기도 뜯었던 것으로 알고 있었다.

헌데, 막상 과거로 돌아와 이현이 되고 나니 생풀밖에 먹을 것이 없었다.

그 이유를 이제야 알았다.

"그래! 내가 그랬다! 내가 그동안 풀 쪼가리 뜯어먹으며 고생한 세월이 얼만데! 그걸 날로 먹으려 들어? 헹! 내가 허락할 성싶더냐?"

혜광 때문이다.

무당파 내에서 화식을 허락하자는 움직임이 있었는데, 혜광이 그것을 힘으로 가로막은 것이다.

그런 혜광의 고집 때문에 지금 이 순간도 무당파의 도사들은 나물만 뜯어먹으며 끼니를 연명하고 있었던 것이다.

그런데 그 장본인이 지금 고기를 뜯고 술을 물처럼 마셔 대고 있다.

"양심도 없는……!"

"불만 있으면 네놈이 사숙조 하거라!"

양심이라고는 쥐똥만큼도 없는 혜광의 당당한 강짜에 이현은 입을 닫아 버렸다.

"사형! 사질은 바보인가 봐요. 이기지도 못하면서 맨날 사숙한테 덤비는 걸 보면요."

"허허허허! 청화 네 말을 듣고 보니 그도 맞는 말이구나!"

속에서 천불이 나는 이현의 마음을 아는지 모르는지, 동석한 청화와 청수진인이 이현의 속을 긁어 댔다.

"끙! 앓느니 죽지!"

불편한 저녁 식사 자리는 꽤나 오래 이어졌다.

술 마시고 흥이 오른 혜광의 추태는 덤이다.

자리가 끝난 것은 예상하지 못한 돌발사태 때문이었다.

"헤헤헤! 땅이 막 빙빙 돌아요! 으에? 사질이 두 명이다! 어? 너 언제 분신술도 배웠어? 응? 나도 가르쳐 줘! 나도! 나도오! 캬아! 그런데 차가 왜 이렇게 써?"

내내 조용히 소채만 먹던 청화가 갑자기 해롱거렸다.

콧방울과 두 뺨이 빨갛게 붉어진 채 찻잔을 들이켜는 모양새가 어째 심상치가 않다.

"야! 야! 그거 술이야! 네가 그건 또 왜 마시고 있어!"

자세히 보니까 찻잔이 아니라 술잔이다.

언제부터 그랬는지조차 짐작 가지 않을 정도다.

분명한 건 만취다.

지금 하고 있는 것은 술주정이다.

열 살 꼬마의 주정.

급히 손을 뻗어 술잔을 빼앗으려고 했지만, 술 취한 고집이 어디 가겠는가.

"수울? 아닌데에? 이거 차야! 역시 사질은 바보라니까아? 차보고 술이래."

그 한 잔에 더 취했는지 혀까지 꼬여 버렸다.

그럼에도 기어이 술을 차라고 우기며 술잔을 빼앗기지 않기 위해 떼를 쓴다.

"아씨! 이 쥐똥만 한 게! 시끄러! 너 한 번만 더 입 열면 그 입 쫙 잡아 찢어 버린다!"

술 취해 난동을 부리는 청화를 챙기는 것은 순전히 이현의 몫이다.

나이에서도 위치에서도, 하다못해 힘에서도 밀린다.

아니, 그런 것은 제쳐 두어도 좋다.

술 취한 꼬마 아이의 꼬장은 질색이다.

"업혀! 아! 업히라고! 쥐똥만 한 게 무겁기는 더럽게 무거워요!"

업었다. 술에 취해 축 늘어진 탓인지 조그마한 게 무겁기는 더럽게 무거웠다.

"이씨! 내가 사고거든? 자꾸 쥐똥쥐똥 할래? 이씨! 앙!"

"아악! 아파! 이 망할 년아!"

중원을 정복한 혈천신마가 손수 술주정을 받아 주고 있다.

그런데 고마운 줄도 모르고 쥐똥이라고 불렀다고 어깨를 깨물어 댄다.

"아아악! 아프다고! 이 쥐똥만 한 것아! 그럼, 먼저 올라겠습니다."

쉴 새 없이 깨물어 대는 청화를 둘러업고 급히 객실로 연결된 계단을 올랐다.

더 내버려 둬 봐야 주정밖에 부리지 않을 것임을 알기 때문이다.

그렇게.

저녁 자리는 청화의 술주정이라는 초유의 사태로 끝을 맺었다.

"아아악! 머리! 머리! 머리 잡아당기지 말라고! 확 손가락을 잘라 버릴라!"

계단을 올라가서도 소동은 좀처럼 멈추지 않았다.

객실 아래층 식당 층에서도 이현의 고함이 들려 올 정도였으니까.

남겨진 혜광과 청수진인의 귀에 그 목소리가 들리지 않을 리가 없었다.

"끌끌끌! 고놈! 어찌 말과 행동이 저리 어울리지 않을꼬?"

혜광이 웃었다.

입은 파락호 왈패인데, 하는 짓은 보모다.

누가 시키지 않아도 술 취한 청화를 챙긴 것도 이현이었고, 술 취한 청화가 등에 업혀 난동을 부려도 기어이 업고 객실로 올라간 것도 이현이었다.

"사내놈이 내숭은…… 클클클! 그래도 청화 고년 덕분에 오늘 저녁은 꽤나 재미지구나!"

"허허! 그러십니까?"

혜광의 웃음에 청수진인도 마주 웃음을 흘렸다.

그러나 그 눈빛만은 웃고 있지 않았다.

"뭐? 또 뭘 주절거리려고 그런 눈을 하고 있느냐?"

혜광은 그 눈빛을 놓치지 않았다.

"……티가 많이 났나 봅니다?"

청수진인은 숨기지 않았다.

혜광의 주름진 이마가 찡그려진 것도 그와 동시다.

"육시랄! 또 무슨 쉰 소리를 해 대려고? 그래! 말해 보아라! 이리 분위기까지 잡아 놓고 별 시답지도 않은 소리면 내 손에 죽을 줄 알거라."

혜광의 폭력성은 역시나 청수진인이라고 예외는 없었다.

그런 협박 아닌 협박에도 청수진인은 고개를 숙이지 않았다.

그리고.

"……삼출행."

어렵게 입을 열었다.

"이번이 사숙께서 약조하신 삼출행의 마지막이십니다."

"……."

청수진인의 말에 시종일관 사납게 입을 놀리던 혜광도

입을 다물었다.

"사숙께서는 몰락 일로를 걷던 무당파를 되살리는 방편 중 하나로 오검연을 계획하셨습니다. 당시 우리 무당파를 중심으로 한 오검연에 회의적이었던 다른 네 문파를 힘으로 오검연에 끌어들이셨지요."

오래전 일이다.

흑사신마가 사라진 이후의 일이었으니까.

그때 혜광은 분명 그렇게 했다.

지금의 무당이 있을 수 있었던 것은 그때 혜광의 노력이 있었기 때문이다.

몰락하던 무당파가 오검연의 중심이 되면서 무림에 다시금 발언권을 얻을 수 있었고, 그것이 무당파가 여기까지 성장할 수 있는 원동력이 되었다.

그리고.

혜광이 고개를 끄덕였다.

"그래. 그리했다. 그리고 그때 오검연이 이루어지는 조건으로 삼출행을 걸었지. 이후, 여러 사정 탓에 두 번의 출행을 하였고."

오검연의 조건으로 내건 삼출행.

혜광이 무당파 영역권 밖으로 나서는 것을 단 세 번으로 제약하는 것이다.

오검연에 회의적이었던 네 문파를 홀로 굴복시켜 버린 혜광이다.

여러 계책과 사정이 뒷받침되었기에 가능했던 일이라 하지만, 그 모든 것을 참작한다 하더라도 혜광의 힘은 압도적이었다.

그래서 삼출행의 조건을 내걸었다.

같은 정파라 하나 영원한 적도, 영원한 아군도 없는 무림에서는 당연한 일이었다.

하물며.

남궁세가를 비롯한 오검연을 구성하는 몇몇 문파는 혜광의 힘에 굴복한 것이었으니까.

그중 두 번을 사용했다.

그 모두 무당파를 위한 출행이었다.

이제 남은 것은 한번.

그 남은 한 번의 출행을 이번에 사용했다.

결코, 가벼운 사안이 아니다.

"이번 여행이 끝나고 나면 나는 다시 무당파 밖으로 나설 수 없을 것이다."

"이유를 여쭈어도 되겠습니까?"

청수진인의 목소리는 나지막했다.

청수진인. 지금의 태극검제를 만들어 낸 것도 혜광이다.

오검연을 만든 것도 혜광이었고, 몰락해 가던 무당파를 뒤에서 지켜 온 것도 혜광이었다.

그러하니 청자 배분 제자들은 혜광이 없는 무당파는 상상도 할 수 없었다.

그런데 이제는 혜광이 없는 무당파를 맞이해야 한다.

비록 외부의 공격으로 무당산이 침범당하는 일이 발생한다면 혜광이 나설 수 있겠지만, 그 영역권 밖의 일에는 혜광이 나서 줄 수 없기 때문이다.

아니, 그런 것은 뒤로 밀어 두어도 좋다.

청수진인에게 혜광이란 존재는.

한편으로는 원망스럽지만, 한편으로는 유일하게 믿고 기댈 수 있는 버팀목이었다.

그 이유만으로도 이렇게 질문을 올리는 이유는 충분했다.

"흑사…… 흑사신마 이후로 줄곧 무당파를 위해 살았다. 언제까지 내가 무당에 남아 있을 수 있겠느냐! 나도 이제 늙었다."

"하오나 마지막 출행을 이런 식으로……."

"네놈도 늙어 가고 있지. 능력도 안 되는 놈을 세수벌모 시켜 무당이 모아 놓은 영약을 모두 복용시켰다. 그리하여 천하십대고수라는 허명을 얻게 했지. 자격 안 되는 놈의 몸에 불안전한 힘을 심어 두어 만들어 낸 십대고수다. 그 부작용은…….”

언제나 뻔뻔할 정도로 당당한 언사를 거침없이 쏘아 대던 혜광이 말끝을 흐린다.

그 말을 청수진인이 이어받았다.

“비틀림이지요. 어긋난 균형이지요. 언제 깨어질지 모르는 살얼음판 아래에 용암이 들끓는 격이지요.”

흑사신마에 의해 무당파에서 내세울 수 있는 고수들은 대부분 죽고 무공을 잃었다.

무당의 건재함을 알리기 위한 새로운 고수가 필요했다.

그렇게 만들어진 존재가 태극검제.

청수진인이다.

혜광이 만들었고, 청수진인이 실현했다.

급하게 만들어진 고수다.

언제 깨져도 이상하지 않은 그릇 속에 막대한 힘을 품고 평생을 살아왔다.

그 불균형.

상리를 벗어난 성장.

반작용은 있을 수밖에 없었다.

어찌 보면 청수진인이 영약을 싫어하는 이유도 이러한 배경에 기인한 것이었다. 또한, 과거 혈천신마였을 때의 이현이 태극검제를 가벼이 여겼었던 숨겨진 이유도 여기에 있었다.

"무슨 일이 있었더냐?"

오히려 혜광이 물었다.

"네놈의 육체는 무너지기 시작했다. 언제고 예고된 일었으나, 그 시기가 지나치게 일러."

모든 것을 꿰뚫어 볼 듯한 시선으로 혜광은 청수진인을 응시했다.

"허허허! 그저 제가 부덕한 탓이지요."

청수진인은 웃으며 대답을 피했다.

"끌끌끌! 어찌 그 의뭉스러운 모습도 제 사부를 빼다 박았는지…… 웃지 마라! 그 웃음만 보면 화딱지가 나니!"

대답을 피하는 청수진인을 쏘아붙인 혜광이 얼굴을 굳혔다.

"다음이 필요하다. 나는 늙고 있고, 네놈은 부서져 가고 있다. 이제 무당파는 다음을 이끌어 갈 고수를 만들어 낼 준비가 필요한 시점이야."

"그래서 그 아이였습니까?"

"성격 더럽고, 솔직하지 못하고, 대가리 돌리는 건 단순해도…… 그래도 뭐 그만하면 쓸 만하지 않겠느냐. 의도한 것은 아니었지만, 지내보니 그놈 정도면 괜찮을 것 같더구나."

　담담한 혜광의 대답에 청수진인의 눈빛이 흔들렸다.

　"그 아이도 사숙께서 지도하실 생각이십니까?"

　"가르치긴 내가 왜? 이 나이 먹고 그 고생을 또 하라고? 왜? 네놈은 내가 네놈처럼 그놈을 굴려 먹었으면 싶으냐?"

　"그럴 리가요."

　"이럴 때는 또 쓸데없이 솔직하구나. 하긴, 네놈 심보에 네 제자가 그 고생하는 꼴은 못 볼 것이니."

　자격 되지 않는 이에게 힘을 욱여넣는 식이다.

　정상적일 리 없다.

　고통스럽지 않다면 거짓말이다.

　청수진인이 태극검제가 된 것은 대사형으로서 그 고통을 다른 사제들이 겪게 하고 싶지 않아서였던 이유가 컸다.

　하물며 자신의 제자가 그 고통을 당하길 바라지는 않는 것은 당연했다.

　"그저 지켜볼 생각이다. 네놈이야 네 제자니 무얼 가르치든 상관할 바 아니지만, 내가 왜 그 고생을 해야겠느냐. 또한, 스스로 비급만으로 태극혜검을 깨친 아이에게 가르칠 것은 또 무엇이고?"

　"그저 지켜만 보시겠단 말씀이신지요?"

　"골려도 먹을 생각이다. 소속은 무당인데 하는 짓은 영

락없는 마도 놈들이랑 똑같은 놈 아니더냐? 골려 먹는 재미가 쏠쏠하더구나."

사문의 어른이란 이유로 일단 숙이고 보는 다른 제자들과 다르다.

이현은 뭐든 들이박고 보는 성격인 데다가, 툭 건드리면 알아서 날뛰어 주는 맛도 있다.

"허허! 그렇지요."

청수진인이 웃었다.

얼굴은 밝지 않다. 오늘 혜광에게서 들은 내용도 가벼운 것이 아니었고, 의문도 모두 풀리지 않았다.

하지만 이 정도로 만족해야 함을 청수진인은 잘 알고 있었다.

혜광이 청수진인의 의문에 명확한 해답을 내놓을 생각이었다면, 이미 진즉 말하였을 것임을 알고 있는 청수진인이다.

"한잔할 테냐?"

"제게 술은 독약과도 같음을 아시지 않습니까."

"그래! 그렇지. 지금 네놈 몸 상태는 술 한 잔 잘못 마셔도 골로 갈 판이니!"

"허허! 그렇지요."

술 한 잔에 생사를 걱정해야 하는 상태라 말하는데도 청수진인은 웃고 있었다.

이미 알기 때문이다.

혜광이 꿰뚫어 보고 있는 것 이상으로 스스로의 몸 상태를 잘 알고 있었다.

"안 마실 거면 올라가거라! 하던 연구도 마저 하고! 나도 혼자 눈칫술 마시는 것도 지친다. 이놈아!"

축객령이다.

더 이상 대화를 하지 않겠다는 의중을 드러냈다.

"그럼 먼저 올라가겠습니다."

그 축객령에 청수진인이 인사를 하고 객실로 통하는 계단을 올랐다.

"……."

그렇게 한참.

혜광은 한참을 말없이 술만 홀짝였다.

객점에 가득 찼던 사람들이 하나둘 빠져나가 홀로 남을 때까지 혜광은 말없이 술만 마셨다.

그러다.

탁.

술잔을 내려놓았다. 식탁 위에는 그 시간 동안 혜광이 마신 술병이 가득 세워져 있었다.

그 양이 결코, 적지 않다.

술꾼 열이 작정하고 덤벼들어도 다 마시지 못할 만큼 많은 양의 술병이 나뒹굴고 있었다.

　그제야 혜광의 닫혔던 말문이 열렸다.

　"무당에 진 빚이야 어찌 다 갚았다 하겠느냐만은…… 이제 내가 날뛰면 무당이 위험해짐이니……!"

　전면에 나서는 것은 위험하다.

　무당의 숨겨진 검으로 마지막 일 초를 남기는 것조차 이제는 위태롭다.

　오래전부터 그 기미가 감지되고 있었다.

　"이현 그놈이 아니더라도 어차피 모두 써야만 했던 삼출행이다."

　청수진인에게도 하지 못한 말이다.

　삼출행의 마지막은 올해가 가기 전에 써야만 했다.

　"이때쯤 떠날 것을 생각하고 있었으니까. 저놈이 그 대신이었을 뿐이야."

　그래서 이미 오래전부터 떠나려 마음먹었었다.

　아주 옛날.

　떠나왔던 고향으로 다시 돌아가는 것으로.

　그것은 과거 야율한과 혜광의 만남의 시작점이었었다.

　그것이 바뀌었을 뿐이다.

第六章

아침이 밝았다.

혜광은 밤새 술을 마시다 새벽이 다 되어서야 객실로 들어가 잠을 청한 듯했다.

"아! 이놈아! 후딱 계산하고 나올 일이지. 무슨 볼일이 있다고 꿀 발라 놓은 것처럼 나올 생각을 안 해!"

숙취 탓인지 마차 안에서 이현을 기다리는 혜광의 목소리는 평소보다 더 신경질적이었다.

"에휴! 갑니다! 가요!"

객점에서 계산을 치르는 이현은 밖에서 들려오는 소리에 크게 대답하고는 이내 고개를 돌렸다.

"그래서? 얼마라고?"

그런 이현의 물음에 객점 주인이 만면에 웃음을 지으며 대답했다.

"예! 어제 드신 저녁값 포함 합계 은자 열닷 냥에 동전 스물다섯 푼입니다."

그런데 어째 액수가 상상 이상이다.

"얼마?"

"마, 많지요? 동전은 말고 그냥 은자 열닷 냥만 주십시오."

은자 열닷 냥.

지역의 차이는 있겠지만 보통 은자 두 냥만 해도 사인 가족이 아끼고 아낀 한 달 생활비에 버금갈 만한 금액이다.

그런데 은자 열닷 냥이다.

"이 인간은 대체 뭘 처먹은 거야!"

하룻밤 사이에 일반 객점에서 대체 뭘 먹어야 은자 열닷 냥의 금액이 나오는지 짐작조차 가지 않는다.

이현이 바락 소리를 지르며 객점 밖 마차를 바라보는 사이.

"저…… 도사님? 계산은?"

객점 주인은 혹시나 돈 떼일까 싶어서 눈치를 살피고 있었다.

이현의 소매를 붙잡은 채로.

"소매는 왜 붙잡는 건데? 내가 그냥 튈까 봐 그래?"

그냥 생각보다 훨씬 많이 나온 금액에 짜증도 나고 해서
해 본 신경질이었다.

그런데.

움찔!

"진짜였냐!"

객점 주인은 장사하는 사람 치고 지나치게 솔직했다.

*   *   *

"……젠장!"

마부석에 앉아 마차를 몰던 이현의 입에서 절로 욕설이
흘러나왔다.

"남의 주지육림에 왜 내 주머니에서 돈이 나가냐고!"

혜광에, 혜광에 의한, 혜광을 위한 주지육림이다.

그런데 돈은 이현의 주머니에서 나간다.

돈을 뜯으면 뜯었지 뺏겨 본 적 없는 이현이다.

억울하지 않다면 거짓말이다.

하지만 어쩌겠는가.

힘에서 밀리는 것을.

무엇보다 가장 큰 문제는.

"돈이 없다!"

간저에게 틈틈이 받아 두고 쓰지 않아 모아 두었던 돈이 슬슬 바닥을 보이고 있었다.

사실 따지고 보면 혜광이 매일 저녁 써 대는 돈은 그리 큰 금액이 아니다.

아니, 이현에게는 그리 크게 느껴지지 않았다는 말이 맞을 것이다.

혈천신마였으니까.

천하를 손안에 쥐었던 만큼 그가 수중에 쥐고 흔들었던 돈 또한 상상을 초월한다.

그러나 그때는 혈천신마였을 때의 이야기일 뿐이다.

"그 노인네가 돈만 가로채지 않았어도……!"

사실 모든 것이 계획대로 이루어졌다면 전혀 걱정하지 않아도 될 문제다.

투투의 수익금 절반이 이현의 몫으로 떨어지기로 되어 있었으니까.

그 돈만 있었어도 이렇게 고민할 필요는 없었다.

하지만 어쩌겠는가.

이미 혜광의 주머니 속으로 들어가 버린 것을.

"빌어먹을 영감탱이!"

욕이 나왔다.

동시에 머릿속으로는 오늘 저녁 소채를 씹고 있는 혜광의 얼굴을 상상했다.

결코 가만히 있지는 않을 것이다.

수틀리면 무당파 기둥뿌리마저 박살 내던 위인이니만큼 먹고 싶은 것을 못 먹게 하면 어떤 포악한 모습을 보일지 가늠조차 할 수 없다.

먹여야 한다.

"나도 살아야지!"

이 시궁창 같은 현실을 통통 깊은 곳에 빠트릴 수는 없다.

황금빛 찬란한 미래는 못 될 망정 똥빛 가시밭길을 미래로 만들고 싶지는 않다.

"돈이 필요하다!"

돈을 구해야 했다.

씨익.

이현이 웃었다.

"필요하면 구하면 되지."

생각해 보니 그리 어려운 일도 아니었다.

*　　　*　　　*

여섯 시진 뒤.

"왜, 왜 이러시오?"

어스름이 어둠이 내린 작은 마을 숭화촌.

오랜 세월 숭화촌 마을 제일의 지주로 지내 온 이씨 가문의 가주 이가곤은 느닷없이 찾아온 밤손님 때문에 공포에 떨어야 했다.

손이 벌벌 떨린다.

고래 등 같지는 않아도 기와집에 장원까지 딸린 저택이다.

당연히 대문도 제법 두툼하다.

그것이 단번에 박살 났다.

밤손님은 전혀 밤손님답지 않게 당당히 대문을 부수고 난입해 들어왔던 것이다.

또 웃긴 것은 당당히 정문을 박살 내고 들어온 주제에, 또 복면은 착실히 잘 쓰고 왔다.

아닌 밤중에 홍두깨도 아니고, 멀쩡한 대문 부수고 난입한 복면인을 두고 보기만 할 리는 없었다.

힘 잘 쓰고, 밭일 잘하는 하인들이 우르르 몰려 달려들었다.

그리고 달려들던 속도보다 빠른 속도로 허공을 튕겨져나

가 바닥을 뒹굴었다.

이제 가문에 사지 멀쩡한 사람이라고는 집안일 하는 여인들과, 이씨 가문의 사람들뿐이다.

마루 위에 서서 사시나무처럼 몸을 떠는 이가곤의 물음에 밤손님이 씩 웃음을 흘렸다.

"네가 이 마을에서 제일 돈 많다며?"

"그, 그렇소만?"

"돈 좀 빌리지."

어차피 보릿고개 때 이 마을 사람들을 대상으로 돈과 곡식을 꾸어 주는 일은 해마다 있었던 일이었다.

돈 좀 빌리겠다고 이 야밤중에 복면까지 뒤집어쓰고 이 깽판을 치는 꼴이 뭔가 이상하긴 했지만 일단 대답은 해야 했다.

"어, 얼마나?"

"가진 것 다."

"사, 상환 기한은?"

"무기한."

"그, 그건 강탈하겠다는 말과 뭐가 다르오!"

돈을 빌리겠단다.

이씨 가문이 가진 돈 전부란다.

헌데 상환 기한은 무기한이란다.

그냥 칼 들고 찾아와 가진 돈 다 내놓으라고 하는 말과 하나도 다를 바 없는 말이 아니고 무엇이란 말인가.

헌데 밤손님은 아닌가 보다.

밤손님은 씩 웃으며 고개를 저었다.

"아니지. 달라! 아주 많이."

"무, 무엇 때문에 말이오?"

"담보가 있거든."

"다, 담보라면 이야기가 달라지긴 하겠소만, 그 가치가 문제인지라……."

"걱정하지 마. 가치는 네가 매길 테니까."

"무, 무엇이오? 그 담보라는 것이?"

"살려는 드릴게!"

담보가 무엇이냐는 질문에 돌아온 대답이 살려는 준단 다.

순간 머리가 띵해졌다.

"그 말인즉슨?"

"담보는 너와 이 집안사람들?"

불안한 예감이 적중했다.

"그게 강도랑 다를 게 뭐란 말이오!"

"그럼 강도 하지 뭐. 돈 내놓을래 죽을래?"

황당한 마음에 소리쳤지만, 돌아오는 것은 뻔뻔한 대답

이다.

얼굴에 철판을 깔았는지 잘도 강짜를 부린다.

심지어.

"나도 바쁜 사람이야. 어떻게 할래? 그냥 빌려줄래? 아니면 다 죽이고 내가 찾아갈까?"

이젠 당당하게 협박까지 한다.

아쉬울 게 전혀 없어 보인다.

이가곤이 생각해도 이 뻔뻔한 밤손님은 전혀 아쉬울 것이 없긴 했다.

'하긴, 장정들도 어찌하지 못하였는데 이제 와 어찌 막을까……'

이 생떼 쓰는 강도를 막을 방법이 없다.

"전 재산은 너무 많소!"

결국, 힘없는 이가곤은 사정해야 했다.

강도 하나 때문에 누대를 이어 온 가문을 거지로 만들 수는 없는 노릇이다.

"싫으면 말고."

밤손님은 여유로웠다.

마치 정말 싫다고 하면 미련 없이 돌아설 것만 같은 태도다.

그러나 안다.

여기서 싫다고 하는 순간 가문이 피바다가 되어 버릴 것
이란 걸.

"……드, 드리겠소."

결국, 무릎을 꿇어야 했다.

"좋은 결정. 현금만 받는 걸로 해 주지."

밤손님이 큰 선심을 쓰듯 말해 줬지만, 전혀 기쁘지 않았
다.

오히려 할 수만 있었다면 고대로 이 밤손님의 대갈빡을
뽀개 버리고 싶은 심정이다.

"잠시만!…… 잠시만 기다리시오!"

차마 나오지 않는 말을 입 밖으로 끄집어내야 했다.

그리고 이가곤은 그대로 방 안으로 들어갔다.

잠시 뒤 이가곤이 다시 방 밖으로 나왔을 때에는 그의 품
엔 커다란 궤짝이 들려져 있었다.

"받으시오. 이것이…… 전부요."

최대한 담담하게 이야기하려 했지만, 그 쓰린 속을 숨기
긴 너무나 어려운 일이었다.

이가곤의 얼굴은 침울하게 가라앉아 있었다.

'당장 생활비는 차지하더라도, 이번 달 품값과 하인들의
월봉은 또 어찌한단 말인가……!'

궤짝에 전 재산이 담겨 있다.

당장 내일부터 어떻게 살아야 할지 눈앞이 캄캄해질 지경이었다.

아니, 생활비야 부인이 시집올 때 갖고 온 패물을 처분하면 어떻게든 될 것이다. 하지만 마을 사람들에게 주어야 할 이번 달 치 품값과, 하인들의 월봉은 패물을 처분한다고 메울 수 있는 돈이 아니었다.

그 모든 것이 식솔들의 안전을 위해 감수하는 것이다.

"약속은 지키실 것이라 믿소."

"물론!"

"가시오."

애써 감정을 숨기며 무뚝뚝하게 축객령을 내리는 이가곤이다.

질끈 두 눈을 감고, 이를 악무는 이가곤의 머릿속은 캄캄했다.

'어찌한단 말인가!'

하루아침에 찾아온 불한당에게 전 재산을 빼앗겼다. 생활비에 지급해야 할 품값과 월봉을 메우려면 적지 않은 희생을 치러야 할 것이다.

당장 내일부터 급전을 구해야 한다.

어쩌면 조상 대대로 지켜 온 전답은 물론, 선산까지 제값도 받지 못하고 팔아넘겨야 할지도 모른다.

'조상님 죄송합니다!'

가문을 이끌어 가는 가장으로서 눈물이 북받쳤다.

그때였다.

"이놈! 어찌 죄 없는 양민의 재산을 수탈한단 말이냐!"

느닷없이 터져 나온 외침.

그리고.

"이, 이건 그러니까…… 잠깐 대화 좀…… 꺼억!"

당황한 밤손님의 외침 뒤 이어지는 비명.

'이게 무슨!'

꼼짝없이 가문의 몰락을 기다려야 했던 이가곤이 감았던 눈을 부릅떴다.

"시, 신선님!"

그리고 보았다.

하얀 도복 소맷자락에 태극의 문양을 그려놓은, 단정하게 늘어트린 흰 수염이 인상 깊은 노 도인.

아니, 신선.

언제 어디서부터 나타난 것인지 알 수 없었다.

하지만 분명한 것은 있었다.

"아아악! 아픕니다! 아악! 뼈 맞았어어! 뼈 부러집니다!"

"시끄럽다! 아프라고 때리는 것이니 어찌 안 아프겠느냐! 허니, 그 입 닥치지 못할까!"

그 신선께서 지금 밤손님을 패고 계셨다.

"으윽!"

지켜보는 이가곤이 움찔거릴 만큼 야무지게!

하루아침에 가문의 몰락과 기사회생을 지켜본 이가곤은 멍하니 마루 끝에 걸터앉아 밤하늘을 올려다보고 있었다.

"신선님께서……."

신선이 밤손님을 때려잡아 끌고 갔다.

이가곤은 그가 신선이라 확신했다.

선풍도골의 모습. 배꼽 어림까지 곱게 내려온 눈보다 흰 수염.

눈으로도 따라갈 수 없는 밤손님을 제압해 버리던 그 신묘한 힘.

생긴 것도, 그 신묘한 힘도 모두 신선의 그것이다.

"신선님께서 본가를 지켜주셨구나!"

입에서는 절로 탄성이 터져 나왔다.

대대로 숭화촌의 지주로 자리 잡고 있으면서도 보릿고개가 시작되는 춘공기 때마다 돈이며 곡식이며 꺼내 빌려주곤 했다. 이따금 그마저도 여의치 않을 때면 수로 공사, 저수지 공사 명목을 가지고 돈을 풀기도 했다.

적지 않은 돈이 드는 일이다.

해마다 천석지기 부럽지 않은 양의 곡물을 수확하면서도 가문의 재정이 크게 늘지 않은 것은 모두 그 때문이었다.

젊었을 적엔 불만도 많았다.

그 돈을 풀지 않았다면, 빌려준 돈에 이자를 받았더라면, 가뭄 때 곡식을 대가로 전답을 사들였더라면.

그랬다면 가문은 더 큰 부자가 될 수 있었을 텐데.

그런데도 그러지 않았다.

초대 가주의 유명이었다는 이유 때문이다.

이후 이가곤이 가주가 된 뒤에도 유지는 지켜졌다.

가문의 전통이라거나, 초대 가주의 유언이었다거나 하는 이유 때문은 아니었다. 그저 오랜 세월 함께 곁에서 지내온 이웃의 어려움을 모른 척할 수 없기 때문이었다.

그런데 그것이 마냥 헛된 일만은 아니었나 보다.

"대대로 쌓아온 공덕에 이처럼 신선님께서 지켜 주시지 않았는가!"

이가곤은 신선의 구원이 모두 대대로 쌓아 온 가문의 덕행 때문이라 여겼다.

그것이 아니고서야 달리 설명할 길이 없다.

그런데.

갸웃.

신선의 도움으로 위기에서 벗어난 이가곤이 불현듯 고개

를 갸웃거렸다.

"헌데 왜 신선님께서는 죄송하다 하셨을까?"

뻔뻔한 밤손님을 제압하고 끌고 가던 신선은 거듭 이가
곤을 향해 죄송하다고 했었다.

가문을 위기에서 구해 준 신선이다.

감사 인사를 받아도 모자랄 판에 오히려 죄송하다고 하
니 확실히 이상한 일이다.

"왜 그러셨을까?"

풀리지 않을 의문이었다.

*   *   *

이가곤이 그간 가문이 대를 이어 계속해서 쌓아온 덕행
을 떠올리고 있을 때.

"……."

툭!

"……꿍!"

투둑!

이현은 젓가락과 사투를 벌이고 있었다.

젓가락으로 소채를 집어 올리면 입에 닿기도 전에 바닥
에 떨어져 내렸다.

이현의 얼굴에 주름이 졌다.

"아이참! 애도 아니고 그게 뭐야! 자! 아!"

보다 못한 청화가 타박하고는 대신 집어 준다.

다 큰 어른이.

그것도 혈천신마 때의 세월까지 합치면 족히 구십 년은
되었을 만한 시간을 산 이현이다.

그런 이현이 젓가락질 하나 제대로 못 해 열 살 꼬마에게
음식을 받아먹게 생겼다.

"……허!"

이현의 입에선 절로 허탈한 한숨이 터져 나왔다.

"내가 어쩌다가 이 꼴이 돼서는!"

참으로 처량한 신세다.

이현의 시선이 제 몸을 향했다.

두 팔은 부목을 댄 채 붕대가 두껍게 감아져 있었다. 온
몸 구석구석 안 아픈 곳이 없다. 부러지지는 않았지만 군데
군데 실금이 간 상태다.

며칠의 요양과 함께 운기행공을 해 주지 않으면 골병들
기 딱 좋았다.

'빌어먹을 변태 늙은이!'

이현은 제 몸을 살피고는 원흉을 노려보았다.

의외로 이현의 시선이 향한 곳은 혜광이 아닌 그 곁에서

조용히 소채를 음미하고 있는 청수진인이다.

이현을 몸을 박살 낸 범인이 바로 그다.

"그러길래 누가 죄 없는 사람 집에 가서 돈 뺏으래?"

청수진인을 노려보는 시선에 청화가 타박을 준다.

이가곤의 집을 털려고 했던 범인.

그 범인은 이현이었다.

청수진인이 참회동 때 이후 처음으로 이현을 묵사발로 만든 것도 그러한 이유 탓이다.

"시끄러! 이 의리 없는 것아!"

하지만 억울했다.

이현은 청화를 노려보며 소리를 질렀다.

따지고 보면 거의 완전 범죄였다. 객실을 잡고 잠시 짬을 내서 몰래 이가곤의 집을 털려고 했으니까.

하룻밤만 들키지 않고 버티기만 하면 영영 들키지 않을 일이었다.

하지만.

청화가 불었다.

어디 가느냐는 청화의 말에 잠시 돈 구하러 간다고 했던 것부터가 문제였다.

비밀을 약속했음에도 청화가 그것을 쪼르르 청수진인에게 고해 바쳤으니까.

이현은 자신을 두드려 팬 청수진인인 만큼이나, 청화가 얄미웠다.

그때였다.

탁!

"시끄럽다! 가뜩이나 상 위에 풀떼기밖에 없어서 화딱지 나는구만, 어딜 대가리에 피도 안 마른 것들이 소리를 높여 높이기를?"

느닷없이 혜광이 까랑까랑 소리를 지른다.

불만이 가득한 혜광의 얼굴에는 심술이 덕지덕지 붙어 있었다.

돈이 떨어졌다.

여비를 구하고자 했던 이현의 시도는 청수진인의 방해로 무산되었다.

혜광이 좋아하는 고기는 물론, 술도 못 사 먹을 지경이다.

안 봐도 뻔하다.

술은커녕 순 채소밖에 없는 상차림이 혜광의 불만이다.

그것은 이현이 익히 예상했던 반응이다.

"그러니까 내 누구 때문에 강도질했는데……!"

"아! 시끄럽대도!"

투덜거리는 이현의 모습에 혜광이 또 버럭버럭 소리를

질러 댄다.

"한 번만 더 입 벌려 보아라! 내 그 누렁니를 죄다 뽑아 버릴 것이니!"

그것도 모자라 식사 자리에서 입 열지 말라는 말도 안 되는 요구 조건을 당당히 내걸고 있다.

"……."

하지만 잠자코 있어야 한다.

살기로 눈을 번뜩이는 혜광은 정말 그러고도 남을 위인이다.

그래도 영 억지만은 아니었나 보다.

말 안 하고 식사만 하는 데에만 입을 여는 것은 뭐라고 하지 않았으니까.

툭!

"아! 애새끼도 아니고 뭘 자꾸 흘려 대! 왜? 손가락 부러트려 주랴?"

물론, 그것만으로 평안한 식사가 되었다는 것은 아니다.

"짜구나! 짜! 이건 또 왜 이렇게 밍밍해?"

혜광은.

"쩝쩝 소리 내지 마라! 신경 사나워 죽겠으니! 그리고 왜 이렇게 조용해? 무슨 제사상 처먹고 있느냐? 이렇게 있을 때 이야기도 하고 그래야지! 안 그래?"

예민했다.

달거리 하는 여인네의 그 날보다 예민했다.

만사가 불만이다. 음식이 짜면 짜다고 불만이고, 싱거우면 싱겁다고 불만이다. 밥 먹는 소리도 듣기 싫다고 했다가, 또 조용하면 조용하다고 난리를 쳐 댄다.

대체가 어느 장단에 맞춰 놀아나야 할지 감이 잡히지 않을 지경이다.

"육시랄! 이 나이 먹고 노중에 나섰건만, 어찌 먹는 것도 이리 부실한 것인지!"

꼬장꼬장도 이런 꼬장이 없다.

언제 터질지 모를 활화산을 앞에 두고 식사를 하려니 이건 입으로 들어가는지 코로 들어가는지도 모를 정도다.

"에잇! 시원한 물이나 내 오너라! 육시랄! 속은 또 왜 이렇게 부대껴?"

그렇게 꼬장질로 무장한 혜광과의 불편한 식사 자리가 끝나는 듯했다.

가득 신경이 곤두서긴 했지만, 그래도 다행히 누구 하나 쥐어 터지는 일 없이 끝나는 듯했다.

혜광의 명령에 이현이 일어섰다.

내기를 이용해 물을 차갑게 식히던 중이다.

"찬물 말고 뜨거운 물! 누구 배앓이 시킬 일 있더냐?"

물론 그 와중에도 오락가락하는 까칠함은 잊지 않는 혜광이다.

'시원한 뜨거운 물은 뭐야? 대체?'

불만은 가득했지만, 그것을 입 밖으로 내뱉는 경솔함은 범하지 않은 이현이다.

이현은 혜광이 원하는 시원한. 아니, 한때는 시원했으나 곧 뜨거워질 물을 가져다 바쳤다.

혜광의 까다로운 요구 조건에 따라 물을 건네기 전에 내기를 이용해 물을 뜨겁게 덥히는 것도 잊지 않았다.

삼매진화의 한 수다.

강호에서 내가 고수라 불릴 정도가 되어야 가능한 지고의 경지를 고작 꼬장 부리는 혜광을 달래기 위해 쓰고 있는 것이다.

모든 것이 완벽했다.

혜광이 원하는 조건도 충족시켰다.

하지만.

"앗! 뜨거! 이놈아! 네놈 때문에 입천장 다 데지 않았느냐! 뜨거우면 뜨겁다고 미리 말을 했어야지! 이놈! 네놈이 날 골탕먹이려고 일부러 한 짓이렷다?"

모든 것은 함정인 듯했다.

아니, 함정이었을 것이다.

함정이 분명했다.

요구 조건에 따라 차갑게 식혔던 물을 뜨겁게 덥혀 건넸다.

그런데 이번엔 또 뜨겁다고 난리다.

"아니, 뜨거운 물 달라고……!"

"시끄럽다! 내가 입 열면 누렁니 다 뽑아 버리겠다고 하지 않았더냐! 감히 내 말을 무시해?"

논리적인 반박 따위는 개 밥그릇에 처박힌 지 오래다.

이현의 말을 가로막은 혜광은 번개처럼 몸을 날렸다.

빠악!

거세게 돌아가는 고개.

이현이 턱 끝에서부터 뇌리를 관통하는 고통에 정신을 차리지 못하고 있을 때.

"오냐! 안 그래도 기분 더러워 죽겠는데 잘 걸렸다! 오늘 한번 신나게 맞아 보자!"

혜광의 양 주먹이 잔영까지 그리며 이현을 향해 날아들었다.

가뜩이나 성치 않은 몸에 날아든 혜광의 돌주먹이다.

고통은 평소보다 더욱 심하게 느껴졌다.

'빌어먹을 늙은이!'

작렬하는 고통 속에서 절로 욕이 튀어나왔다.

혜광은 애초부터 이 순간만을 노리고 달려든 것이 분명했다.

성격 더럽기에는 이현도 어디 가서 지지 않았다.

"제기랄! 몰라 나도 이제!"

폭발했다.

두 팔을 걷어붙인 이현도 마주 달려들었다.

반란이었다!

*　　　*　　　*

역시나 반란은 실패로 끝났다.

괴물보다 괴물 같은 혜광을 이현이 어찌할 수 있을 리 만무했다.

그리고 또 역시나 반란의 실패는 철저한 응징이다.

황가를 향한 반역은 구족을 멸족함을 기본으로 한다. 후환을 없앰과 동시에 다시는 그 누구도 반역을 꿈꾸지 못하게 일벌백계하는 것이다.

혜광을 향한 이현의 반역 시도가 실패로 끝난 뒤.

그 여파는 무지막지했다.

길 위로 이두 마차가 지난다.

마부석에 앉은 것은 역시나 이현이다.

이번 여행에서 이현의 역할은 막중했다. 또한, 다양했다.

우선 지금과 같은 마부 역할이다. 혜광을 비롯한 청수진인과 청화의 안락한 여행을 위해 편안히 마차를 모는 역할을 수행하고 있었다.

다음은 여행길의 막내 역할이다. 배분에서 밀린 탓에 꼼짝없이 막내 노릇을 해야 한다.

이 밖에도 혜광과 청수진인은 물론 청화의 일거수일투족을 옆에서 보조하는 충실한 하인 역할과, 여행에 필요한 경비를 책임지는 재무관리 담당도 겸하고 있다.

그리고.

가뭄 논바닥의 물처럼 바싹 말라 버린 여비 탓에 강제로 육식이 끊겨 버린 혜광의 분풀이용 상대가 되어 주어야 했다.

한 번의 반역 시도.

그리고 이어진 처절한 실패.

명분은 확실했다.

날이 더워도 이현의 책임이고, 바람이 불어도 이현의 책임이다. 새벽에 꽃이 봉우리를 열지 않아도 이현의 책임이고, 길이 꼬불꼬불해도 이현의 책임이다.

그 책임의 대가는 항상 무지막지한 혜광의 구타였음은

굳이 말하지 않아도 알 일이었다.

쿵!

잘 달리던 마차가 작은 돌부리에 걸려 들썩거렸다. 어지
간히 예민한 사람이 아니고서는 느끼지도 못할 만큼 작은
들썩거림이다.

"……끙."

쿵!

다시 마차가 돌부리를 밟고 지나갔다.

"……끄응!"

그럴 때마다 이현의 입에서는 신음이 터져 나온다.

쿵!

또 돌부리를 넘는 마차.

"……끄으으응!"

뒤이어 터져 나오는 이현의 신음.

이현의 얼굴은 곧 죽을 것 같이 일그러졌다.

그리고.

"똥 싸느냐? 무슨 마차 모는데 그리 끙끙거려? 왜? 이
몸이 직접 피똥 줄줄 싸게 만들어 줄까!"

대번에 마차 안에서 까랑까랑한 혜광의 고함성이 터져
나왔다.

"그럴 거면 패지나 말던가."

이현의 입에서 볼멘소리가 흘러나오는 것은 당연했다.

지금 변비 걸린 노인네처럼 끙끙 앓는 소리를 내는 것도 따지고 보면 혜광 때문이다.

반항을 향한 철저하고도 지속적인 응징.

조금만 기분이 나빠도 다짜고짜 주먹질을 날려 대는 혜광 때문에 몸은 하루라도 성할 날이 없었다.

지금도 마차를 모는 이현의 팔다리에는 부목을 댄 붕대가 덕지덕지 감겨 있다.

혜광에게 맞은 탓이다.

지금도 태극무해심공은 몸 안을 돌아다니며 부서지고 금 간 뼈를 이어 붙이고, 찢어진 근육을 치료하고 있었다.

선공의 일맥을 이은 태극무해심공이 아니었다면 진즉 골병 들어 죽었을 것이다.

여비가 떨어진 후.

지옥은 점점 더 가혹하게 이현을 덮쳐오고 있었다.

'돈이 필요하다!'

이 모든 상황을 타개할 유일한 해결책.

돈.

돈이면 모든 것이 해결된다. 다시금 육식을 시작한 혜광은 지금과 같이 까칠하게 굴어 대지는 않을 것이다.

그것만 해도 이 지옥이 그나마 살 만해진다.

하지만.

'빼앗는 것도 안 돼! 훔치는 것도 안 돼! 그럼 대체 어디서 구하라는 거야?'

혈천신마 야율한이었을 땐.

필요하면 그냥 빼앗으면 그만이었다. 누구도 무어라 할 수 없고, 누구도 막을 수 없다.

그러니 돈 부족한 줄은 모르고 살았다.

하지만.

이현은 지금 혈천신마 야율한이 아니다.

이현이다. 그것도 정파인 무당파의 제자이자 도인.

훔치고 빼앗으려 했다가는 저번과 같이 청수진인이 나서서 주먹질을 해 댈 것이 분명했다.

'그렇다고 사냥도 안 되고.'

돈이 없으니 사냥을 해서라도 혜광의 상차림 위에 고기 반찬을 올리려 했다. 하지만 그마저도 청수진인에 의해 가로막힌 지 오래다.

그놈의 빌어먹을 무당파라는 소속 때문이다.

무당파 도사가 고기 먹고 싶다고 멀쩡히 살아 있는 동물을 죽인다.

누가 보아도 무당파 도인인 청수진인의 상식으로서는 절대 용납할 수 없는 일이다.

그렇다고 누가 보아도 무당파의 도인과는 수십만 리는 먼 혜광의 개꼬장을 모른 척할 수도 없는 일이었다.

방법을 찾아야 했다.

"하지만 뭐 어떡해!"

문제는 그놈의 방법이란 것이 아무리 짱구를 굴려도 나오지 않는다는 것이다.

날이 갈수록 혜광은 점점 더 까칠해졌고, 그 혜광의 분풀이 상대인 이현도 점점 더 까칠해졌다.

그때였다.

마차는 어느덧 산길 언덕을 오르고 있었다.

이현의 기감에 이상한 것이 느껴진 것도 그때였다.

저 앞.

언덕이 끝나기 직전.

길가 양옆으로 무성하게 자라 있는 수풀 속에서 기척이 느껴졌다.

숫자는 도합 서른.

은근히 느껴지는 살기는 수풀 속에 숨어 숨바꼭질하고 있는 서른 명이나 되는 상대의 정체를 가늠하게 해 주었다.

'산적이네.'

산적이다.

이 산속에. 그것도 길가 풀숲에. 더욱이 살기까지 풀풀

풍겨 대며.

　그렇게 숨어 있을 만한 직종은 열에 아홉이 산적이고, 열에 하나가 살수다.

　혜광은 논외로 치더라도 청수진인이 함께 있는 마차를 목적으로 했다면 살기를 풀풀 흘리는 살수는 기준 미달이다.

　그러니 어디로 보나 산적이다.

　'뭐. 상관없지.'

　그뿐이다.

　상대의 정체가 산적임을 알았지만 크게 신경 쓰지 않았다.

　그런데 신경 쓰기에는 이현은 지금 심신이 너무나 지치고 까칠해져 있었다.

　'건드리지만 마라.'

　만사가 귀찮으니 제발 건드리지만 말기만을 바랄 뿐이다.

　다그닥! 다그닥!

　그러는 사이 마차는 어느새 산적들이 숨어 있는 언덕에 닿아 있었다.

　쉐엑! 틱!

　화살이 날아들었다.

날아든 화살이 그대로 마차 벽면에 깊숙이 꽂힌다.

그리고.

"껄껄껄껄! 이 몸은 이 산을 지배하는 산왕(山王) 우철산이다! 달리 혈부벽산(血斧劈山)이라고 불리시지! 내게는 일흔아홉의 용맹한 수하들이 있고, 녹림십팔채(綠林十八砦)에서도 영입 제의를 할 만큼 뛰어난 무공인 박산혈부신공이 있다!"

풀숲에 숨어 있던 사내들이 우르르 쏟아져 나온다.

그중에서도 가장 덩치가 크고 커다란 호피를 통째로 뒤집어쓴 장한이 장황하게 자기소개를 했다.

"……."

그러거나 말거나 이현은 귀찮았다.

스스로 우철산이라 소개한 산적 두목의 길고 지루한 자기소개를 잠자코 들어 준 것도 그저 대답하기 귀찮아서였다.

'알았으니까 그냥 가라.'

산적 나부랭이다.

산적이 덤벼 오면 결국 혼자 나서서 싸워야 할 것이다.

짬에서 밀리고 힘에서 밀리면 어쩔 수 없이 돌아오는 의무와도 같은 것이다. 아니, 어쩌면 산적들의 기습에 혜광이 또 개꼬장을 부릴지도 모른다.

그때였다.

만사가 귀찮은 이현의 심정을 아는지 모르는지.

"뒈지기 싫으면 가진 것 다 내놔!"

우철산이 당당히 소리를 지른다.

'……!'

묘한 기시감.

어째 묘한 친근감이 느껴지는 내용이다.

그 기시감 섞인 친근감이 혜광의 꼬장질에서 벗어날 방도를 찾지 못해 깜깜했던 이현의 머릿속을 밝게 밝혀줬다.

'그래! 죄 없는 사람만 털지 않으면 된다!'

죄 없는 사람을 털면 욕먹는다.

하지만 죄 있는 사람은?

오히려 칭찬을 받았으면 받았지, 욕먹을 일은 없다.

청수진인도 이것만은 무어라 못할 것이다.

누가 무어라 해도 이건 엄연한 협행이다.

생각이 정리되었다.

'그래! 산적을 털자!'

산적이라면 마음껏 털어도 되었다!

第七章

　한바탕 폭풍이 지나갔다.

　이현은 검을 뽑지 않았다. 그에게는 이미 간저에게 주문
해 만든 거도. 패천이 있지 않은가.

　묵직하니 무게감도 좋고, 날도 제대로 안 서서 더더욱 좋
았다.

　종횡무진(縱橫無盡), 무인지경(無人之境)이다.

　패천을 한 손에 들고 산적들을 향해 달려가는 이현을 막
을 수 있는 것은 아무것도 없었다.

　휘두른 패천은 앞을 가로막는 것은 무엇이든 부숴 버렸
다. 검이 막아서면 검을 부수고, 곤이 막아서면 곤을 부쉈

다. 주먹이 날아오면 주먹을 부수면 된다.

그러다 몇몇 죽어도 상관없다. 산적을 털어먹어야 했으니 돈을 가져다 바쳐 줄 몇몇은 살려 둬야겠지만, 그렇다고 다 살려 둘 필요는 없다.

재수 없어서 죽으면 죽는 것이고, 운 좋아 살면 사는 것이다.

그러니 거칠 것이 없다.

초기에는 산적들도 펄펄 날아다녔다. 이현 혼자 날뛰는 것이니 어떻게든 막으면 된다는 생각이었던 듯했다.

그러나 오산이다.

싸움에 관하여서는 이현은 천부적이다.

혈천신마였을 때부터 싸움만이 그의 인생 전부였던 사람이다.

그런 그를 고작 산적 따위가 나서서 막을 수 있을 리 없었다.

양상은 금방 바뀔 수밖에 없었다.

스스로 혈부벽산이라 칭했던 우철산이 부서진 도끼와 함께 저 멀리 날아가 처박힌 이후로는 감히 이현을 막아서려하는 덜떨어진 산적은 없었다.

그냥 늑대 만난 양 떼처럼 이리저리 뛰며 도망치기 바빴다.

그마저도 이현은 착실히 쫓아가며 두들겨 패는 꼼꼼함을 발휘해 정리했다.

처음에는 몰랐는데 마음껏 패다 보니 그동안 혜광에게 당했던 응어리가 한 번에 풀어지는 듯했다.

"어우! 속 시원해!"

잠시 뒤.

개운한 표정의 이현 앞에.

서른 명의 산적들이 모두 땅에 머리를 처박고 벌을 받고 있었다.

운이 좋은 것인지 명줄이 질긴 것인지 죽은 인간은 없어 보인다.

몇몇이 팔이 부러져 너덜거리고, 몇몇은 깨진 머리에서 피가 폭포수처럼 쏟아져 나왔지만 어쨌든 살아 있는 듯했다.

"살려만 주십시오!"

우철산이 머리를 처박고 보이지 않는 이현에게 목숨을 구걸했다.

그리고.

"끌끌끌! 끝났느냐?"

'싸울 때는 코빼기도 보이지 않더니!'

모든 제압이 끝난 뒤에서야 혜광이 마차에서 모습을 드

러냈다.

웃음을 흘리며 걸어오는 꼴조차 얄밉다.

그런 이현의 심정을 아는지 모르는지.

혜광은 이현을 바라보며 물었다.

"산적이라…… 그 짧은 시간에 너 같은 놈한테 털린 것을 보면 어디 족보도 없는 것들인 것 같은데…… 어찌할 테냐? 관부에서 건 현상금도 별로 안 될 거다."

"글쎄요? 그럼 그냥 죽이죠 뭐."

이현은 대수롭지 않게 답했다.

어차피 산적들이 모아 놓은 재산을 털고 나면 그럴 생각이었으니까.

"헙!"

하지만 지금 자의와는 상관없이 생사의 경계에 선 우철산은 아니가 보다.

땅과 마주한 머리에서 헛숨을 삼키는 소리가 나오는 것을 보면.

"끌끌끌! 네놈이 그래서 안 되는 것이다. 죽이긴 왜 벌써 죽여?"

그러거나 말거나 혜광의 생각은 다른 듯했다.

"그러면? 어쩝니까? 현상금도 얼마 안 되니까 그냥 풀어 주자고요?"

"풀어주긴 왜? 그럼 뭐 하러 귀찮게 잡았어!"

"그러면요?"

"내 말인즉슨 죽이는 건 언제든 죽일 수 있으니, 그간 저지른 죗값은 치르게 해 주고 죽여야 한다는 이 말이지!"

"아!"

"생각해 보아라! 저 산적 놈들 때문에 얼마나 많은 이들이 무고한 목숨을 잃었겠느냐? 강탈당한 재산은 또 얼마이고? 또 혹시 모르지. 병든 노모를 치료할 약값을 저놈에게 걸려 죄다 털리고, 노모도 죽고 그 아들도 죽었을지?"

"이거 몹시 나쁜 놈들인데요?"

주거니 받거니 대화가 잘 통한다.

이현과 혜광이 만난 이래 최초로 찰지게 대화가 오가는 순간이 아닐 수가 없었다.

"헙!"

그럴 때 마다 우철산을 비롯한 산적들의 입에서는 헛숨 삼키는 소리가 터져 나왔다.

"저, 저기……."

그리고 내내 헛숨만 삼키느라 배불렀을 우철산이 조심스럽게 손을 들었다.

"왜?"

"저희 개업한 지 한 달밖에 되지 않아서…… 또 보시

다시피 숫자는 이것밖에 없는지라…… 큰 상단은 털지
도 못하고…… 실질적으로 아직 손익분기점도 못 넘겼는
데…….”

이현에게 얻은 발언권으로 장황하게 하는 이야기를 들어
보니 희대의 흉악한 악질이 되어 버린 자신들의 억울함을
호소하는 듯했다.

하지만 상대가 이현이다.

“큰 상단은 못 털었으면? 치사하게 작은 상단과 힘없는
양민들만 털어 드셨다? 이거 완전 쓰레기네?”

우철산의 변명은 이현에 의해 산채를 쓰레기 집단으로
만들어 버렸다.

치사하게 반항할 힘조차 없는 이들을 털어먹은 놈으로
만든 것이다.

“어떻게 조질까요? 우선 손가락뼈부터 하나하나씩 부수
면…….”

이현이 태연하게 살벌한 이야기를 꺼냈다.

하지만.

탁!

“앗! 왜 때리십니까! 갑자기.”

곧장 뒤통수를 후려 갈겨 버리는 혜광 때문에 그 이야기
는 이어지지 못했다.

이현의 불만에도 혜광은 한심하다는 눈빛으로 그를 바라볼 뿐이다.

"이 덜떨어진 놈아! 뼈 위에 뭐가 있어?"

"그야 살점이죠!"

"그 위에는?"

"껍데기. 아니, 피부가 있습니다! 근데 왜요?"

"허! 이런 생각 없는 놈을 보았나! 그럼 뼈부터 조져야 하느냐? 아니면 껍데기부터 벗겨야 하느냐?"

"아!"

친절한 혜광의 설명.

이현은 머리가 맑아지는 듯한 기분을 만끽했다.

듣다 보니 혜광의 말이 맞았다.

뼈가 부러지면 필연적으로 피부와 근육은 상하기 마련이다. 그러나 피부부터 공략하면 뼈와 근육은 멀쩡하다.

고로 더 많이 괴롭힐 수 있다.

'이 노인네 나보다 더 독한 인간이네?'

한때는 마의 정점이라 불리었던 혈천신마다. 그런 혈천신마보다 더 악독한 인간이 지금 곁에 있다.

그 악독한 인간이 혜광이다.

그러나 그것조차 혜광을 과소평가한 것임을 알게 된 것은 이어지는 혜광의 의견 때문이었다.

"그냥 벗기면 재미가 없지! 괜히 귀찮게 우리가 손 쓸 필요까지는 없지 않으냐?"

"그럼 달리 방법 있습니까?"

"제 놈들끼리 벗겨야지. 스스로 죗값을 치르는 것이니 이 얼마나 보기 좋은 광경이더냐? 더불어 굳이 우리가 손을 더럽힐 일도 없고. 물론, 채찍질도 필요하지. 늦게 벗긴 놈은 소금을 치는 것이다. 왜 미꾸라지 잡을 때도 소금 치지 않느냐? 그럼 미꾸라지 놈도 죽는다고 지랄하는데 저놈들이라고 어디 괜찮겠어? 몇 번 쳐 주면 알아서 먼저 벗기겠다고 난리일 게다."

"……와!"

이현은 순수하게 감탄했다.

도대체 어떻게 생각하면 그런 방법이 떠오르는지 상상조차 되지 않을 지경이다.

명분, 실리, 거기에 동기부여까지 확실하다.

거기다 이현이 생각한 이상으로 극악한 방법이기도 했다.

'대체 얼마만큼 나쁜 인간일까? 이 노인네는?'

도저히 따라갈 수조차 없다.

그 압도적인 힘은 알았지만, 이런 인간 같지도 않은 생각을 떠올려 내는 그 심계조차 그 끝을 알 수가 없다.

이러면 안 되는데.

'이젠 존경스럽기까지 하다!'

가슴 한편에 존경이라는 두 단어가 슬그머니 생겨날 판이다.

그리고.

"사, 살려만 주십시오! 아, 아니 죽여만 주십시오! 제발!"

귀가 있는 이상 우철산도 이 모든 대화 내용을 들었다.

죽어도 곱게 죽지 않는다.

아니, 죽을 수 있을지조차 의심스럽다.

죽고 싶어졌다.

것도 간절히.

우철산은 머리를 박는 것도 잊고 이현의 다리를 붙잡고 애원했다.

둘 다 극악한 놈이지만, 그나마 이현이 조금 더 낫다고 여긴 듯했다.

"⋯⋯쯥!"

그리고 이현은 자신의 다리를 붙잡고 애원하는 우철산을 보고 입맛을 다셨다.

'뭔가 진 것 같아.'

이유는 알 수 없지만 왠지 모를 패배감과 서운함이 밀려

든다.

그러나 어쩌겠는가.

일단 애원받는 쪽이 된 것은 사실이다.

"봐서."

이현의 심정만큼이나 그 대답 또한 퉁명스러웠다.

그리고.

"아!"

잊고 있던 본분이 떠올랐다.

"그보다 부탁이 있는데?"

"마, 말씀만 하십시오! 제, 제가! 아니, 우리 산채가 할 수 있는 일이라면 무엇이든 하겠습니다! 마교 교주 목이라도 따올 깝쇼?"

이현의 부탁이 마지막 동아줄이라 여겼는지 우철산의 반응은 열성적이었다.

이현으로서는 좋은 일이다.

이현의 입이 열렸다.

"일단 가진 것 다 내놔."

우철산의 입장에서는 어디서 많이 했던 말이었을 것이다.

*   *   *

저녁상은 성대하게 차려졌다.

그간에 부득이하게 금지되었던 육식의 아쉬움을 보상받고 싶은지 상 위에 풀 쪼가리는 볼 수조차 없었다.

제 눈에 흙이 들어가기 전까지는 절대로 자신을 제외한 그 어떤 무당 도인들의 육식을 허용하지 않겠다고 외쳤던 혜광마저도 오늘만큼은 당당히 전원 육식이라는 아량을 베풀었다.

그리고.

당연히 혜광의 꼬장 또한 사라졌다.

아니, 곳간에서 인심 나온다고 했던 말처럼 푸짐하게 차려진 산해진미에 혜광의 인심은 이현이 경험한 이래 최고로 후해졌다.

아마 그것은 청수진인도 마찬가지인 모양이다.

영 적응을 못 하고 어색해하는 모습을 보면 말이다.

어쨌든 넉넉해진 혜광의 인심은 궁핍했던 여비의 풍요로부터 시작된 것.

"아이고! 이 잔망스러운 것! 순 맹탕인 줄 알았더니 어찌그리 장한 생각을 했어? 그렇지! 부정한 돈을 그냥 두고 볼 수는 없지! 모조리 압수하여 좋은 곳에 쓰는 것이야말로 정의로운 일이 아니더냐! 네놈이 처음으로 제대로 된 생각을 다 하는구나!"

칭찬이 떠나질 않는다.

산채를 털어 여비를 쓰는 일이 과연 좋은 일에 쓰이는 것이 맞는가에 대한 의문은 굳이 표현하지 않았다.

처음으로 혜광이 칭찬한다.

산적들의 주머니를 털었다는 이유로.

이제 아주 입에서 침이 튀어나올 정도였다.

"에이! 침 튀깁니다! 거 좀 다른 사람 배려도 좀 해 주고 그러셔야죠!"

"아! 그렇지! 그래! 그래! 배려해야지! 암!"

이현이 틱틱 대도 오늘만큼은 너른 마음으로 넘어갈 준비가 되어 있어 보였다.

그렇게 화기애애한 식사 자리가 끝나 갈 무렵.

꼬르르륵!

혜광과 이현. 청수진인과 청화가 모처럼만에 배부르게 포식한 자리다.

그런데 굶은 사람의 배에서 나올 법한 소리가 들렸다.

내내 웃음이 만연했던 혜광의 인상이 찡그려진 것도 그때였다.

"그냥 쳐 죽여 버리던가, 저런 놈들을 뭐 하러 데리고 와서는!"

"죄, 죄송합니다!"

혜광의 눈총에 대번에 사과 소리가 들려왔다.

우철산.

스스로 혈부벽산이라 칭하고, 자그마한 산자락에 산채를 세워 운영하던 산적두목!

혜광의 눈초리에 우철산은 사시나무 떨듯 몸을 떨었다.

말만이 아니다.

혜광이라면 정말 그러고도 남을 위인이다. 아니, 차라리 곱게 죽여 주면 다행이다. 진짜로 살가죽을 벗기고 소금을 칠지도 모를 인간이다.

본능이 그렇게 이야기해 주고 있었다.

그런 우철산을 구해 준 것은 놀랍게도 이현이었다.

"에이! 그 이야기는 이미 끝났지 않습니까. 적당한 때에 죄를 뉘우쳤다 싶으면 그때 관아에 넘기기로요."

"그래. 그건 네놈이 알아서 하거라."

다행히 혜광이 대수롭지 않게 넘어갔다.

기분 좋은 오늘 같은 날 혜광도 피를 보기는 싫은 듯했다. 그것도 아니라면 그냥 신경 쓰기 귀찮은 것인지도 모른다.

우철산은 후자의 이유가 강하게 작용하지 않을까 조심스럽게 짐작할 뿐이다.

그렇게 일단은 일단락되었다.

혜광을 비롯한 청수진인과 청화는 오랜만에 화기애애한 분위기 속에서 진행된 저녁 식사를 끝내고 객실로 올라갔다.

꼬르르륵!

남은 것은 내내 물 한 모금 얻어먹지 못하고 쫄쫄 굶어야 했던 우철산을 비롯한 산적들.

그리고 이현이다.

"배고프냐?"

"아, 아닙니다!"

"그럼 네 배에서 나는 소리는? 배때기 불러서 나는 소리야?"

"죄, 죄송합니다!"

툭툭 던지는 껄렁껄렁한 이현의 물음에 대답하는 우철산은 바짝 얼어붙어 있었다.

혜광에 비해 덜하다 뿐이다.

그렇다고 이현이 결코 만만하다는 것은 아니었다.

오히려 지금으로써는 그들의 생살여탈권을 쥐고 있으니 가장 두려워해야 할 상대라 할 수 있었다.

그런데 무슨 일인지.

"먹어. 남긴 것이긴 하지만, 먹을 만은 할 거다."

"저, 정말 먹어도 됩니까?"

"그럼 내가 너랑 장난치겠냐?"

"가, 감사합니다!"

걱정과 달리 이현은 너무나 친절했다.

먹다가 남은 것이라고는 하나 그래도 진수성찬으로 차려 놓은 식탁이다. 하나같이 깊은 산골에서는 맛보기 어려운 음식들이 즐비했다.

그것을 먹으란다.

포로가 되어 나락으로 빠져 허우적거리던 마음에 한 줄기 서광이 비쳤다.

우철산을 비롯한 산적들은 싸우듯 식탁으로 달려가 허겁지겁 음식을 집어삼켰다.

그런데 이현의 친절은 여기서 끝이 아니었다.

"술은?"

"괘, 괜찮습니다."

"시켜."

"그, 그래도 됩니까?"

"어."

음식을 내주는 것도 모자라 술까지 시켜 준단다.

이건 친절의 끝이다.

더 이상의 친절은 있을 수도 없다.

누가 포로에게 술을 준단 말인가. 아마, 처형장 위에 올려 놓기 전이 아니라면 결코 그러한 호의는 베풀지 않을 것이다.

우철산은 이현에 대한 평가를 전면 수정했다.

'대인이셨구나!'

그저 무서운 사람인 줄로만 알았다. 하지만 죽을 뻔한 목숨을 살려주는 것도 모자라 먹을 것을 주고, 술까지 준다.

대인도 이런 대인이 없다.

"감사합니다! 이 은혜, 각골난…… 아무튼 죽어서도 잊지 않겠습니다!"

감격한 마음에 평소에 쓰지도 않던 사자성어를 쓰려다 실패했다.

하지만 그 마음은 고스란히 이현에게 닿았을 것이다.

그렇게 믿었다.

이 감사한 마음을 이현이 알아 줄 것이라고.

하지만.

우철산은 이현을 너무 쉽게 보았다.

"고맙지?"

갑자기 말꼬리를 잡는다.

"예? 예! 고맙지요! 감사하지요! 네!"

그 대답에 이현이 고개를 끄덕였다.

"그래! 고맙겠지. 나 같아도 고마울 것 같아. 죽을 것 살려 주고, 먹여 주고, 술까지 사 주고. 그렇지?"

"……예."

불현듯 찾아온 찜찜함에 우철산의 목소리가 떨린다.

그러나 이미 배는 떠난 뒤다.

이현은 벌써 고개를 끄덕이고 있었다.

"그래! 잊지 마."

"예? 예!"

우철산도 마주 고개를 끄덕였다.

그런데 왜일까.

씨익 올라가는 이현의 입꼬리가 자꾸만 불길하게만 느껴졌다.

*　　　*　　　*

이현의 그 불길한 웃음.

우철산이 그 불길함의 실체를 깨닫는 데에는 그리 오랜 시간이 걸리지 않았다.

높은 산길로 들어서는 초입부.

"지, 진짜로 합니까?"

우철산의 목소리는 떨리고 있었다.

지금의 이 황당한 상황이 당최 적응되지 않는 모습이다.

그런 우철산의 손에는 그의 저잣거리에서 산 도끼가 들려 있었다. 수하들 또한 마찬가지다. 저마다 압수당했던, 혹은 싼 값에 공동 구매한 무기들을 손에 꼬나 쥐고 있다.

그것뿐만 아니다.

호피도 걸쳤고, 사슴 가죽도 걸쳤다.

외양으로 보면 누가 봐도 산적이다. 산적이 산적다워진 것에 대해 누가 무어라 하겠느냐마는 당사자인 우철산은 영 어색한 모양이다.

그도 그럴 것이.

"저, 정말 텁니까?"

산적이 산중에서 턴다.

이 또한 당연한 이치다. 강 위에서 털면 그게 수적이지 산적이라 불리지는 않으니까.

그럼에도 그 당연함이 어색하기만 이유.

"진짜 같은 산적을 텁니까?"

산적이 산적을 턴다.

뭐 영 없었던 일은 아니지만, 그래도 보기 드문 광경이 아닐 수 없었다.

우철산의 짧은 산적 인생사에서는 처음으로 겪는 일이기도 했다.

"어제 고맙다면서? 안 잊겠다면서?"

"그, 그랬습니다만?"

"그럼 털어!"

"……끙!"

산적인 우철산에게 같은 산적을 털어라.

이현의 태연한 요구에 우철산은 절로 앓는 소리를 내야만 했다.

그렇다고 마냥 싫다고만은 할 수도 없다.

싱긋 웃는 이현에게 하기 싫다는 말을 하기 무섭다. 어떤 후환이 닥쳐올지 모른다.

또 그렇다고 냉큼 고개를 끄덕이자니 영 내키지가 않았다.

"아무래도 남의 주머니 털어먹고 사는 저희라지만, 그래도 동종 업계끼리의 상도덕이라던가……."

"산적이 그딴 게 어디 있어?"

"또 이 구역 박산채(博山砦) 두령이 녹림십팔채 중 하나인 망룡채(網龍砦)의 두령과 형제 관계인지라…… 건드리기가 영 꺼림칙해서……."

에둘러 거절의 의사를 비쳤다.

이게 무슨 동족상잔의 비극이란 말인가.

세상 천지에 같은 산적끼리 노략질하는 건 또 무엇이란

말인가. 산적이 산적을 치는 경우는 있어도, 그건 순전히
영역 확장 및 산채 합병의 일환일 뿐이다.

이처럼 그냥 돈을 뜯어먹겠다고 같은 산적을 터는 일은
녹림이 이 땅에 생겨난 이래 최초일 것이다.

무엇보다 이번에 털 산채가 망룡채와 연관되어 있다는
것이 가장 걸렸다.

녹림십팔채(綠林十八砦).

산적을 업으로 하는 쪽에서는 그야말로 무림맹이요, 사
자맹이고, 천마신교와 같은 곳이다.

중원에 무수한 산채가 존재하지만, 녹림십팔채에 소속된
산채와 비교될 수 있는 산채는 열 손가락에 꼽을 정도였다.
아니, 사실상 지역 군벌과 야합한 산채들을 제외한다면 없
다시피 하다.

그야말로 산적계의 최강자 열여덟이다.

그 최강자 중 하나인 망룡채의 주인과 형제 관계인 박산
채를 털었을 때 돌아올 후환을 생각한다면.

"저희 영영 이 바닥 떠야 합니다요!"

다시는 산적계에는 발도 못 붙이는 것은 당연했다.

우철산은 금방이라도 울음을 터트릴 듯 절규했다.

하지만.

이현은 단호했다.

"그걸 왜 걱정해? 어차피 다시 산적질 할 처지도 아니잖아?"

그리고 그 단호함에 설득력까지 갖추고 있었다.

"……그러네요?"

어차피 나중에 관아에 넘겨질 몸이다. 도망 같은 것은 애초에 생각하지도 못하는 실정이다. 당연히 그 끝은 관아행이다.

관아에 붙들려가 목 잘릴 놈은 잘리고 옥에 갇힐 놈은 갇힐 신세다.

업계 복귀 따위는 어차피 불가능한 상황이다.

"싫으면 말고."

그런데 내내 단호하던 이현이 오히려 한발 물러선다.

하지만 그것이 더 지독했다.

"어차피 내가 힘드냐? 너희가 힘들지."

혜광이다.

고기와 술을 금지당한 혜광이 미쳐 날뛰는 모습이 우철산의 눈에 훤히 드러난다.

실제로 보지 않았던가.

살가죽 벗기려고 두 눈이 벌게져서 달려들던 모습과 저녁상 위에 올려진 푸짐한 육류와 주류에 헤벌쭉 웃음을 짓던 모습의 극명한 대비를.

사실상 우철산이 지금껏 목숨 붙어 있는 이유도, 풍부한 저녁 식사에 마음이 뺏긴 혜광이 우철산을 관심에 두지 않았기에 가능한 일이었음을 알고 있었다.

이제 고민할 것도 없다.

"얘들아 연장 챙겨라! 오늘 동족상잔의 비극 한번 만들어 보자!"

털어야 했다.

설령 그것이 동종 업계에 종사하는 이들이라도 상관없었다.

털어야 산다.

아니, 털지 못하면 편하게 죽지도 못했다.

*   *   *

천재는 천재를 알아보고, 악인은 악인을 알아본다 했던가.

동종 업계에 종사하는 우철산의 안목은 뛰어났다.

박산채 산적들이 매복해 있는 장소가 어디인지, 산채가 숨겨진 위치가 어디인지, 또 그 규모가 얼마나 되는지 알아내는 것은 순식간이다.

물류의 이동이라든가 지형지물의 구조 등을 보고 그것을

파악해 냈다고 설명을 듣긴 했지만, 그것은 이현의 관심사가 아니었다.

중요한 것은 얼마나 확실히 탈탈 털어 내느냐다.

그리고 우철산은 그의 안목만큼이나 동종 업계의 종사자들을 털어대는 데도 탁월했다.

작전은 기습이었다.

허나, 상대는 예상하지 못했고, 우철산과 그 수하들은 상대의 위치와 무장 규모까지 빠삭하게 파악하고 있었다.

하긴, 당연한 일이다.

세상에 어떤 산적이 자신의 영역에서 같은 산적에게 털리리라 생각했겠는가.

반나절이다.

반나절 만에 우철산은 영업 나와 있던 박산채의 산적들을 제압하는 데 성공했다. 그리고 곧장 방향을 틀어 산 위 협곡 사이에 숨겨진 박산채의 산채로 돌격하기 시작했다.

쉴 틈은 없었다.

"곧 저녁 시간 다 돼 간다."

이현의 그 말 때문이었다.

저녁 시간이 다가온다는 말은, 혜광의 기분이 좌우될 시간이 가까워져 옴을 의미했다.

제때 혜광에게 푸짐한 저녁 식사가 제공되지 않으면 우

철산을 비롯한 그의 수하들의 명운이 어떻게 될지는 굳이 생각해 보지 않아도 될 일이었다.

박산채의 본채를 털기 위해 달려가는 우철산은 울부짖었다.

"뒈지기 싫으면 뛰어!"

저녁때가 되기 전에 박산채를 털어야 했다.

*　　*　　*

급한 우철산의 마음만큼 급하게 돌아가는 곳이 또 있었다.

"크, 큰일 났습니다! 기습! 기습입니다! 두령!"

박산채다.

박산채의 두령이자, 녹림십팔채의 일원인 망룡채의 두령의 친동생인 정청은 부두령의 보고에 눈살을 찌푸렸다.

"기습이라니? 관아에서 뜬금없이 왜? 상납금 꼬박꼬박 받쳤잖아! 왜? 부족하다더냐?"

산채가 기습을 당했다.

당연히 관에서 관군을 보내온 것으로 생각하고 한 물음이다.

하긴, 요즘 상납금이 줄긴 줄었다.

최근 수하들을 늘린 덕에 돈 들어갈 구멍이 한두 개가 아니었다. 그러다 보니 그동안 상납했던 것에 비하면 액수가 부족하긴 부족하다.

하지만.

그간 거래해 온 정이 얼마던가.

고작 몇 달 상납금이 줄었다고 이렇게 냅다 관군을 보낸다는 게 어디 말이나 될 성싶은 이야기란 말인가!

"아닙니다! 관군이 아닙니다!"

배신감에 치를 떨고 있던 정청은 자신을 향해 고개를 젓는 부두령을 보고 고개를 갸웃거렸다.

"관군이 아니면? 왜? 어디 무림 방파에서 꽃놀이라도 나왔냐?"

산채를 운영하면서 가장 조심해야 할 상대가 관군이다.

그리고.

그다음으로 조심해야 할 상대가 무림 방파다.

무림 방파는 계절이 바뀔 때마다 한 번씩 산적 토벌을 하곤 했다. 때로는 길 가던 명문 문파의 제자를 재수 없이 건드렸다가 생기는 일이다.

전자는 정도 문파의 민생 봉사 차원의 일이다. 민심을 얻고 명분을 얻기 딱 좋은 일이니 해마다 한 번씩 산적 토벌을 나서는 것이다.

후자는 그야말로 재수 없는 경우다. 어쩌다 재수 없게 명문 문파의 제자를 건드렸다가 사고가 터지는 경우다.

정청이 꽃놀이라 말한 것도 그 때문이었다.

정도 문파가 산적 토벌을 나설 시기는 지났으니, 남은 것은 여행 나온 명문 문파의 제자를 재수 없게 건드린 경우뿐이다.

"그것도 아닙니다!"

그런데 이번에도 정청의 예상은 보기 좋게 빗나갔다.

"그럼 대체 어떤 놈이 기습한 건데!"

가뜩이나 기습당해 짜증이 나 있는 상황에, 예상까지 빗나갔으니 정청의 목소리가 한결 높아졌다.

부 두령은 그때야 범인을 입에 올렸다.

"산적입니다!"

"산적?"

"예! 산적이요!"

"이런! 육시랄! 산적이 왜 산적을 털어?"

전혀 예상치 못한 일에 정청이 버럭 소리를 내질렀다.

하지만.

정청은 산적이 산적을 터는 이 초유의 사태 이유를 듣기도 전에 움직여야 했다.

"으아아악!"

"기습이다! 기습!"

"비상! 비상! 전 대원들은 무기를…… 으악!"

벌써 본채를 털기 시작했는지, 문밖에서 비명이 가득하다.

더는 몸 편하게 이야기하고 앉아 있을 수만은 없다.

"연장 챙겨라! 전쟁이다!"

정청이 소리쳤다.

그와 동시에 그의 손에는 커다란 환도가 쥐어져 있었다.

"어떤 놈인지 몰라도 내 결코 가만히 두지 않으리라!"

산적이 산적을 공격했다.

정당한 영역 확장도 아니고, 기습이다.

업계의 불문율을 무시하고 상도덕을 무시한 행위였다.

그러니, 결코 가만히 두지 않을 것이다.

"전서구 띄워! 형님께 보고해라!"

그의 힘으로도 부족하다면 녹림십팔채에 속한 망룡채를 움직여서라도 단죄해야 했다.

"가자!"

이를 악문 정청이 문을 나섰다.

이현은 이 모든 광경을 언덕 위에서 보고 있었다.

우철산과 그 수하들이 박산채의 매복조들을 박살 내고,

산채에 진입하는 과정도 보았다.

절묘하게 약점을 찌른다.

어떻게 알았는지 별다른 공격 없이도 목책이 무너질 만한 방향까지 알고 있었다.

같은 산적 출신이니 그 생리를 잘 아는 것이리라.

하지만.

"쩝! 귀찮은데……."

한 번도 막힘없이 진행되던 공격도 슬슬 한계에 봉착하고 있었다.

우철산과 그 수하들이 목책 안으로 진입하고 난 뒤부터였다.

수적인 차이가 컸다.

우철산이 선봉에 서서 적의 예봉을 꺾고 있었지만, 수적 차이는 극명했다. 더욱이, 우철산을 제외한 기본적인 무위도 박산채의 산적들이 앞서고 있다.

이대로 가다가는 우철산이 진다.

우철산이 이기든 지든, 죽든 말든 상관없다.

하지만 박산채를 터느냐 못 터느냐는 중요하다. 혜광의 꼬장을 다시 경험하고 싶은 생각은 없었다.

상황을 살피던 이현이 중얼거렸다.

"도와줄까?"

그리고.

미음을 먹은 동시에 몸은 이미 움직이고 있었다.

탓.

그저 발끝을 움직여 신형을 뛰었을 뿐이다.

그러나 그것으로도 이미 충분했다.

순식간에 허공으로 몸이 솟아올랐다가 이내 대각을 그리며 떨어져 내렸다.

쿠와아아앗!

신형이 바람을 가르며 떨어져 내리는 소리가 마치 벼락이 내리치는 듯 거대했다.

그리고.

쿵!

"헛!"

"허업!"

이현의 신형은 삽시간에 산채 중심부로 떨어져 내렸다.

이현이 떨어진 자리 주위로 땅이 둥근 원을 그리며 깊게 파였다.

마치 유성이라도 떨어진 것 같은 흔적이다.

한 줌의 진기로 찰나를 가르고.

멈출 줄 모르는 기세는 성벽을 부순다.

무당과 제운종과 닮았지만, 전혀 다른 신법이다. 이름은 없다. 이현이. 아니, 야율한이 신강에서 개발해 낸 신법이다. 당시엔 그저 말을 타고 다니는 마적들을 때려잡기 위해 만든 신법이었지만, 그래도 꽤 쓸만했다.

혜광과 청수진인이 없는 이곳에서는 얼마든지 쓸 수 있는 신법이기도 했다.

"털어!"

스릉!

갑작스러운 이현의 난입.

당황한 것은 박산채의 산적들만이 아니다. 우철산도 우두커니 서서 이쪽을 바라보고 있었다.

이현은 크게 한마디 쏘아붙이고는 그대로 거도 패천을 뽑아 들었다.

그리고 움직인다.

콱직!

첫 번째 목표는 가장 가까운 곳에 있던 산적이다. 그대로 몸을 날려 그의 얼굴에 무릎을 박아 넣었다. 코뼈가 함몰되는 감촉이 그대로 무릎으로 전해졌지만, 이현은 이미 다음 동작을 준비하고 있었다.

다음 발을 놀려 산적의 몸을 타고 올라섰다.

그리고 다시 몸을 날린다.

그대로 떨어져 내리며 거도를 휘둘렀다.

콰아앙!

단순한 내려치기에 대지가 흔들린다.

그리고 다시 횡으로 크게 원을 그리며 패천을 그었다.

파각!

"꺼어억!"

달려들던 산적 하나가 무기와 함께 부서져 튕겨 졌다.

"어어엇!"

쿠당탕탕!

박산채 산적들이 여럿 몰려 있던 곳이다.

갑자기 날아온 동료를 보고 어찌할 바를 당황하는 사이, 그들은 한데 뒤엉켜 바닥을 나뒹굴어야 했다.

이현은 이미 그 자리에 없었다.

종횡무진으로 날뛴다.

우철산과 그 수하들을 박살 낼 때 그랬듯, 이번에도 누가 죽건 살건 신경 쓰지 않았다.

그러니 거칠 것도 무서울 것도 없다.

이현의 합류 덕분에 박산채는 빠르게 무너져 내리기 시작했다.

"이게 대체 무슨 짓이오! 같은 산적끼리……꺽!"

"말이 많아!"

중간에 환도를 들고 뛰쳐나온 놈이 뭐라 소리를 지르긴

했지만, 그마저도 깔끔히 무시했다.

패천을 휘둘러 환도와 함께 통째로 박살 냈다.

보기보다 맷집이 좋은지 숨은 붙어 있는 모양이었지만, 바닥을 기는 꼴을 보아하니 한동안은 싸우기 어려울 듯싶다.

그렇게 일각.

"끝났네?"

이현이 합류하고 딱 일각의 시간이 지난 뒤.

상황은 이미 정리되어 있었다.

처참하게 패배한 박산채의 산적들은 무릎 꿇려 처분을 기다리고 있었다. 문밖에 나오자마자 입을 놀린 죄로 무력 행사조차 해 보지 못하고 전투 불능이 된 정청 또한 마찬가지다.

"……우 두령!"

정청은 우철산의 얼굴을 알아보고 낮게 으르렁거렸다.

"정 두령…… 미안하오."

"어찌 그럴 수 있소! 내 그대가 자리 잡을 때 얼마나 많은 도움을 주었는데 지금 와서! 대체 뭐가 문제였소? 영업장이 작았던 거요? 아니면, 우리 박산채가 탐이 났던 거요!"

인접한 지역에 터를 잡고 지내던 사이이니 많은 일이 있었던 듯했다.

실지로 우철산의 산채가 자리 잡기까지 정청의 도움이 상당했었다. 몇몇 큰 건은 같이 공동으로 영업 전선을 구성하기도 했었다.

나름 친밀한 사이였다.

그런데 어제의 친구가 오늘의 적이 되어 돌아왔으니 정청이 느끼는 배신감은 상당했다.

"아니오, 그것이 아니외다."

"그럼 대체 왜 이런 짓을 벌인 것이오!"

우철산은 고개를 숙이고 차마 정청과 눈을 마주하지 못했다.

오히려 패한 정청이 소리를 높였다.

"저녁 시간 다 되어 간다."

깊은 죄책감에 고개를 숙이고 있던 우철산의 정신을 깨우는 목소리.

우철산의 고개가 돌아갔다.

이현이 웃고 있다.

"저녁 시간 다 돼 간다고."

손가락을 들어 하늘을 가리키고 있었다.

산은 밤이 빨리 온다.

한시라도 빨리 상황을 정리하고 이동해야 한다. 그래야

편안하고 아늑한 식당에서 저녁 식사를 맛볼 수가 있다.

누가?

물론, 혜광이.

그런 심정을 아는지 모르는지.

"말을 하시오! 대체 무엇 때문에 이런 말도 안 되는 짓을 벌인 것이오!"

정청은 여전히 배신감에 사로잡혀 버럭버럭 소리를 질러대고 있었다.

아니, 비록 싸움에서는 패했으나 심리적 우위를 차지하기 위해서일지도 몰랐다.

이제 다 소용없는 짓이다.

"가진 것 다 내놓으시오! 뒈지기 싫으면!"

우철산이 말했다.

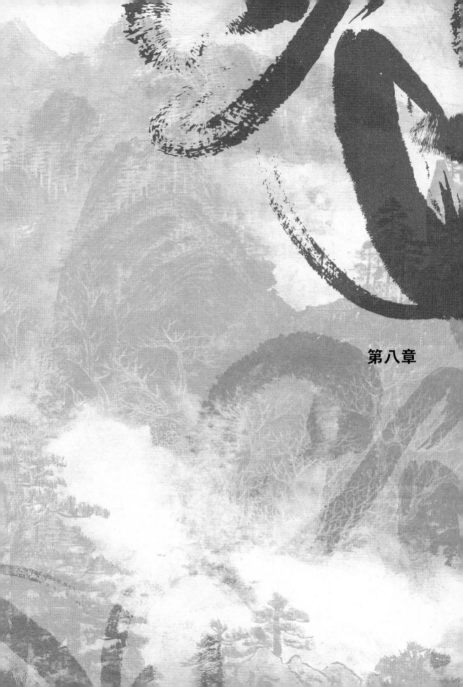

第八章

기념비적인 첫 영업이 끝났다.

산적이 산적을 턴다.

나쁜 놈을 턴다고 욕먹지는 않는다. 나쁜 놈이 나쁜 놈을 터는 것도 보통의 사람들의 시선에는 그리 거부감이 없다.

누가 봐도 무당파 도사인 청수진인도 그것은 뭐라고 하지 못할 것이다.

그래서 계획된 일이다.

이 모든 일은 이현이 우철산의 주머니를 털던 그 순간부터 산적이 산적을 턴다는 이 초유의 사건은 설계된 것이었다.

"차도살인(借刀殺人), 이이제이(以夷制夷) 역시 사람은 계기가 있어야 해!"

다른 사람의 칼로 사람을 죽인다. 오랑캐로 오랑캐를 제압한다. 산적을 이용해 산적을 터는 것이니 그야말로 차도살인이고 이이제이다.

그리고.

이 모든 발상의 시작은 누가 무어라 해도 혜광이다.

지난날 우철산을 어떻게 벌할까 논의하던 중 혜광이 내보인 발상은 이현을 자기반성에 빠지게 하는 계기가 되었다.

나름 나쁜 놈 중에서는 최고라 자부했던, 그 자부심이 깨졌다.

벽 너머의 새로운 세상을 견식한 것이다.

그리하여 발전했다.

그럼에도 이현은 이런 쪽으로는 자기 객관화가 꽤 잘 되어 있는 인간이었다.

"아직 그 노인네에 비하면 멀었지!"

불쑥 던지는 한마디로 악종 위에 대악종이 있다는 것을 보여 준 혜광이다.

그런 혜광을 따라잡으려면 아직 한참 멀었다.

더 나쁜 놈이 될 것이다!

이현은 성취욕을 불태웠다.

*　　　*　　　*

이현이 성취욕을 불태우고 있을 때.

"미안하오."

"……남은 것 좀 없소?"

"……미안하오."

우철산과 정청은 실의에 빠져 있었다.

숫자가 늘었다.

우철산의 산채에서 서른. 정청의 산채에 마흔이다.

도합 일흔이다.

하루 사이에 이현에게 볼모로 잡힌 이들의 숫자가 두배
가 넘게 늘어났다.

혜광과 청수진인이 평소보다 많은 양의 음식을 주문했지
만, 그들이 먹고 남은 음식의 양이 장정 일흔 명을 배불리
먹일 수 있을 정도는 아니었다.

특히나, 세를 불리느라 자금난에 시달리던 정청의 박산
채에서 노획한 돈이 예상보다 적었던 이유가 가장 컸다.

포로가 된 것도 서러운 판인데, 먹는 것마저 시원치 못하
는 처량한 신세인지라 이제는 서글퍼지기까지 했다.

우철산이 낙담한 정청의 어깨를 도닥였다.

"배고프셔도 오늘은 쉬십시오. 내일 또 일 나가야 하지 않습니까."

신강으로 향하는 길목.

산은 많다.

산마다 산적이 산채를 짓고 자리 잡고 있는 것은 아니지만, 내일도 지나는 길목에 산채 하나가 있는 것은 사실이다.

오늘처럼 그들을 털어야 할 것이다.

우철산과 정청이 직접.

규모도 얕볼 수 없을 정도이니 미리 푹 쉬어 주지 않으면 내일 목숨이 위험해진다.

"그래도 며칠 살펴보니 돈이 들어오는 대로 거진 먹는 것으로 다 소비하는 듯하오. 내일은 남는 것이 좀 있을 것이니 너무 비관적으로는 생각하지 마시오."

우철산은 거듭 정청을 위로했다.

번듯한 산채의 두령에서 졸지에 포로가 된 정청이다. 정청이 그렇게 나락으로 떨어진 데에는 우철산의 잘못도 있는지라, 내심 미안한 것이다.

정청은 웃었다.

"이건 뭐 일개미도 아니고 말이오……."

처연한 자소였다.

개미는 크게 여왕개미와 일개미. 그리고 병정개미가 있다.

일개미는 일만 하고, 병정개미는 전투만 한다. 그리고 여왕개미는 병정개미의 호위를 받으며, 일개미가 구해 온 먹이만 먹고 있으면 된다.

지금 상황으로 치자면 혜광과 이현, 그리고 청수진인과 청화가 여왕개미다.

일개미와 병정개미를 겸하고 있는 정청과 우철산이 목숨 걸고 싸워 노획해 온 돈으로 편하게 앉아 놀고먹기만 하니까.

정청 스스로 생각해도 절묘한 비유인 듯했다.

"하! 차라리 일개미가 낫지. 일개미는 목숨 걸고 싸울 일은 없지 않소. 우리는……."

거듭 고개를 저으며 낙담하는 정청.

"아!"

그러다 문득 정청의 뇌리로 무언가 스쳐 지나가는 생각이 있었다.

"그러지 말고 우리가 본격적으로 나서서 터는 것이 어떻겠소?"

"우리가 본격적으로 나서서 털다니? 그게 무슨 뜻이

오?"

"차라리 우리가 털어서 가져다 바치잔 말이오! 말씀하셨지 않소? 들어오는 돈 대부분 먹는 것으로 다시 다 나간다고. 그럼 노획해 오는 것이 많을수록, 우리에게 떨어지는 음식도 많을 것이 아니오. 뭐, 그렇게 숫자가 늘면 굳이 우리가 나서 싸울 일도 적어질 것이고……."

사람과 돈.

이현이 주로 주도적으로 나서서 노획한 것들이다.

돈은 식비로 쓰이고, 사람은 포로로 잡고 일꾼 겸 식비 조달을 위한 노획 인원으로 쓰인다.

노획한 돈이 많을수록 식비로 쓰이는 돈도 많아진다. 노획한 포로가 많을수록 저마다 담당해야 할 일거리들이 줄어들기 마련이다.

더욱이 둘은 나름 자신의 무위에 자신이 있는 사람들이다.

졸지에 이 모양 이 꼴이 된 것도 그저 상대가 이현이었기 때문이었을 뿐이다.

노획해 온 포로들에게 힘으로 꿇려 심부름이나 하고 앉아 있을 사람들은 아니었다.

다행히 손발을 구속해 놓거나, 감시하는 것도 아니다.

털어 오자면 얼마든지 나가서 털어 올 수 있다.

"하지만 누굴 턴단 말이오? 내일 털 산적을 이 밤에 미리 나가 털 수도 없는 노릇이고…… 그렇다고 아무런 상관없는 양민을 털었다간…… 저래 보여도 저분들 모두 무당파 사람들이오."

우철산이 회의적인 의견을 내놓았다.

발상은 동의할 만했다. 하지만 막상 털 상대가 마땅치가 않다.

그런 우철산의 의견에.

"무당파 도인들이었소?"

정청의 눈은 휘둥그레졌다.

처음 알았다.

소매에 태극문양이 그려져 있긴 했지만, 크게 신경 쓰지 않았다.

애초 하는 짓이 도사답지 않았다.

대표적으로 이현과 혜광이 그랬다. 차라리 어디 흑도 파락호라든가, 사파 거두라고 하면 그것이 더 신빙성 있다 느껴졌을 것이다.

우철산으로부터 혜광에 관한 이야기를 듣고 난 뒤 도망 따위는 생각지도 않는 것도 모두 그 때문이 아닌가.

또한.

"무슨 무당파 도사라는 인간들이 고기를 물 먹듯 마시

오?"

씹고 맛본다는 것이 아니다.

그야말로 물처럼 마신다. 아니, 흡입한다는 것이 맞는 표현일 것이다. 그뿐만이 아니다. 술도 물처럼 마신다. 고기를 흡입하며 입가심으로 물 대신 술을 들이붓는 인간이다.

대표적으로 혜광이!

그런 인간을 눈앞에 두고 질박하고 소박한 생활을 중시하는 무당파 도인을 떠올린다는 것은 불가능에 가까운 일이었다.

"믿기 어렵겠지만…… 믿으셔야 하오."

'곱게 죽고 싶거든 말이오.'

우철산은 침통한 얼굴로 애써 뒷말은 삼켰다.

굳이 이야기해 봐야 이 암울한 절망 속에서 아무런 도움도 되지 않을 것임을 알기 때문이다.

이어 설명을 덧붙였다.

"제가 괜히 이유 없이 끌려 나와 귀공의 산채를 습격한 것이 아니오."

무당파 도사들이다.

그러니 선한 이들을 털 수는 없다.

그래서 오늘 동일 직종 상잔의 비극이 벌어진 것이다.

"털어도 우리 같은 놈을 털어야 하오."

차마 털어도 나쁜 놈을 털어야 한다는 말은 못하고 에둘러 표현했다.

그러나 그것만으로도 충분했다.

"끄응!"

모든 상황을 이해한 정청의 입에서 억누른 신음이 흘러나왔으니까.

'털어도 우리 같은 놈을 털어야 한다…….'

앞으로 얼마나 더 끌려다녀야 할지는 모른다. 하지만 갖은 개고생과 핍박도 모자라 배까지 곯을 수는 없다.

정청의 머리가 빠르게 돌아갔다.

산적 인생 이래 최대로 굴리는 머리는 다행히 정청을 배신하지 않았다.

잠시의 시간 뒤.

"……있소!"

정청의 입에서 밝은 목소리가 터져 나왔다.

"여기에 우리 같은 놈이 있단 말이오!"

털어도 될!

털어도 하등 문제가 되지 않을!

그런 놈들이 분명히 있다!

"흑도! 아니 뒷골목 놈들 말이오!"

암흑가에는 그런 놈들이 많았다.

차이는 있지만, 간부급을 제외한 기본적인 무위는 산적이 암흑가 파락호들보다 강할 수밖에 없다.

애초에 싸우는 상대가 다르다.

무공 익힌 호위무사가 지키는 상단을 털어야 입에 풀칠이라도 하는 것이 산적들이다.

기껏해야 자기들끼리 싸우는 것 아니면, 힘없는 백성들 주머니 털어먹는 암흑가 파락호와는 질적으로 차이가 날 수밖에 없는 환경이다.

암흑가에서 중요한 것은 험악한 인상. 그리고 사업 수완과 정치력이지, 호위무사 때려잡고 돈 뺏을 만한 압도적인 무위는 아니었다.

또한 어디에나 있다.

조금 규모가 있는 마을이다 싶으면 암흑가는 필수적으로 존재하니 찾기도 쉽다.

심지어 같은 산적도 아니니 털어먹는 데 죄책감도 느낄 필요가 없다.

정청과 우철산의 평안하고 안락한 포로 생활을 위한 노력은 이튿날 아침에 빛을 발했다.

"일어나셨습니까! 도사님!"

"기침하셨습니까! 도사님!"

간밤에 꿀잠을 자고 일어난 이현을 반기는 것은 꾸벅 고개를 숙이며 인사하는 우철산과 정청이었다.

그의 휘하에 함께 잡혀 온 산적들도 직각으로 허리를 굽히며 이현의 활기찬 아침을 반겨주고 있었다.

그런데.

"……어째 못 보던 얼굴이 많다?"

이현은 눈을 비볐다.

잠이 덜 깨서 착각했으리라 여겼다.

그런데 아니다.

칠십이었던 머릿수가 이제는 일백에 달한다.

당장 이 자리에 자리 깔고 문파를 세워도 즉각적으로 수익 활동이 가능할 만한 숫자다.

하물며.

새로 늘어난 못 보던 인간들의 면면도 험악하기 이를 데가 없다. 약속이라도 한 듯 한쪽 눈에 시퍼렇게 멍이 든 채로 포박당해 있는 것을 제외한다면 말이다.

"아! 이놈들 말씀이십니까? 이놈들 아주 나쁜 놈들이지요! 뒷골목에 독버섯처럼 자리 잡고서는 힘없는 백성들 주머니나 털어 대는 놈들인지라 그냥 두고 볼 수가 없어서 저희가 잡아 왔습니다!"

"예! 아주 나쁜 놈들입니다! 사기에, 도박에, 밀매에, 인신매매, 고리대까지! 완전히 죽일 놈들입니다! 그래서 저희가 도사님 귀찮으시지 않게 간밤에 잡아다가 왔습죠! 예!"

하룻밤 사이에 늘어난 포로들의 머리 숫자에 이현이 어안이 벙벙해 있는 사이.

우철산과 정청이 나서서 자신들이 잡아온 파락호들이 얼마나 나쁜 놈인지 적극적으로 표현한다.

그리고.

툭툭!

서로 눈치를 보며 팔꿈치로 찔러 댄다.

"아! 여기 어제 이놈들에게서 압수한 돈과 금붙이들입니다! 옳지 못한 방법으로 벌어들인 돈을 그냥 두고 볼 수는 없어 이렇게 가져왔습니다!"

"그리고 여기 장부!"

정청이 돈을 건네고 기다렸다는 듯 우철산이 장부를 가져다 바친다.

애초에 삥땅은 생각하지도 않았다.

포로가 된 이상 삥땅쳐도 쓸 데가 없다. 밤에 몰래 나가 주린 배를 채워도 되지만, 그것이야 금방 발각될 일이다.

그렇게 되면 돌아오는 것은 가혹한 후폭풍이다.

자고로 산적은 눈치로 먹고살아야 하는 직업이다.

털어도 되는 놈인지, 털면 안 되는 놈인지를 알고 노략질을 해야 오래오래 목숨 보전하고 사는 직종이었으니까.

산적 두목이라는 자리까지 오른 우철산과 정청이니 금방 들킬 일에 목숨 걸 사람은 아니었다.

차라리 곱게 내주고 신임을 얻는 편이 이득이라 판단한 것이다.

그리고.

이현은 정청과 우철산이 건네준 돈과 장부를 받았다.

돈이 담긴 주머니가 제법 묵직하다. 얼핏 열어 살펴보니 금보원도 몇 개 담겨 있다.

"……좋네?"

좋다.

시키지도 않았는데 돈까지 벌어왔으니 싫을 일은 없다.

'이것들이 미쳤나?'

그냥 이상할 뿐이다.

시키지도 않았는데 능동적이고 적극적으로 돈을 벌어온다. 그것도 모자라 벌어온 돈을 고대로 바친다.

좋기는 한데, 뭔가 이상하고 찝찝하다.

그렇다고 뭐라고 할 수도 없다.

아니, 칭찬받아 마땅한 일이지 않은가.

"……잘했다."

심히 찝찝한 기분을 뒤로하고 이현은 고개를 끄덕였다.

"가, 감사합니다!"

"도사님의 가르침에 깊은 감명을 받아, 저희도 앞으로 악을 근절하고 정의를 바로 세우는 데 적극적으로 나서기로 다짐했습니다!"

어제까지만 해도 나라 잃은 백성처럼 갖은 시름과 낙심으로 우울해 있던 두 인간이, 하룻밤 사이에 열성적인 정의의 사도가 되어 있었다.

며칠만 지나면 아주 마교 교주 목이라도 따올 기세다.

'이게 약을 처먹었나?'

두 사람 간에 어떤 밀담이 오갔는지 모르는 이현으로서는 전혀 이해할 수 없는 모습이다.

그때였다.

"클클클! 세상이 미쳐 돌아가더니 이제는 사내놈들끼리도 새끼 까냐?"

자고 일어나 나오던 혜광이 하루아침에 늘어난 포로들의 숫자를 보며 웃고 있었다.

*   *   *

"진짜 새끼 까는 것도 아니고……."

이현은 멍하니 하늘을 바라보며 혀를 내둘렀다.

혜광의 말처럼 사내놈들이 새끼를 까는 것도 아니고, 하루가 지날수록 포로들의 숫자가 늘어난다.

마음씨 좋은 청수진인은 내심 포로들을 생각하는 것인지 자금이 허락하는 이내에 최대한 많은 음식을 시켰다.

혜광이야 말할 것도 없다. 포로를 위해서가 아니다. 애초에 돈을 물 쓰듯 쓰는 인간이다. 있는 대로 써 대니 식탁 위에 올라오는 음식의 양과 가짓수는 많아질 수밖에 없다.

경제관념 없기는 이현 또한 마찬가지다.

언제 제대로 된 재무 관리를 해 본 적이 있어야지, 아끼고 안배할 것인데 그런 적이 없다. 있으면 쓰고 없으면 뺏어서 쓰는 인간이다. 하물며, 매일같이 돈을 벌어다 주는 노예들이 있지 않은가.

돈은 계속 남는다.

그러니 그냥 쓰자는 대로 썼다.

그것이.

강력한 동기부여가 되었다.

우철산과 정청을 비롯한 산적들은 물론, 그들이 잡아 온 놈들까지.

먹고 살기 위해서.

풍요롭고 편안한 포로 생활을 위해서.

약탈에 열을 올렸다.

이제는 밤낮, 위치, 전공대로 조까지 나누어서 약탈을 나서고 있었다.

그러니 지나가는 산마다.

지나가는 마을마다.

쑥대밭이 되었다.

지나가는 산은 산적이 씨가 마르고, 지나가는 마을엔 암흑가 파락호들이 씨가 마른다.

포로로 노획하는 숫자는 늘고, 늘어난 포로의 숫자만큼 즉시 전력이 되어 다시 약탈한다.

순환이다.

선순환인지 악순환인지는 몰라도 아무튼 간에 포로들의 숫자와 전력은 날이 갈수록 증가하고 있었다.

도주는 없다.

악인이 괜히 악인이 아니다. 남이 잘되는 꼴은 못 본다. 자신만 고생하는 꼴도 못 본다. 그래서 서로를 향한 감시와 경계를 늦추지 않는다. 도망칠 기미만 보여도 족치고 보는 것이다.

반대로 포로들의 숫자와 전력이 늘어난 만큼 반란의 시도가 몇 번 있었다.

그리고.

그 반란 시도는 이현과 혜광이 깔끔히 처리했다.

일행 중. 아니, 중원 천지를 놓고서라도 성격 더럽기로는 천하제일인 이현과 혜광이다.

반란 시도를 향한 두 사람의 처절한 피의 응징은 보는 이로 하여금 모골이 송연해질 정도였다.

그렇게 해서 며칠을 고문 아닌 고문을 받다 폐인이 되어 관아에 현상금과 맞교환된 이들의 숫자도 적지 않다.

그리고 그것은.

공포를 바탕으로 한 절대적인 충성으로 돌아왔다.

그리하여 도망칠 수도, 벗어날 수도 없는 신세가 된 악인들의 대약탈은 날로 발전하고 있었다.

바야흐로 악인의 의한, 악인을 향한, 악인을 위한 약탈이 시작된 것이다.

그야말로 대약탈!

약탈의 다단계다.

그리고 그 약탈의 다단계는 좀처럼 멈출 줄 몰랐다.

"우리는 아도군벌과……!"

"닥치고 가진 것 다 내놔! 뒤지기 싫으면!"

인근 군벌과 밀약을 맺고 있던 커다란 산채 하나가 털리는 건 순식간이었다.

"아우야! 네가 어찌!"
"죄송합니다! 형님!"
녹림십팔채의 일원이자 정청의 친형인 정만이 이끄는 망룡채도 형제 간의 비극을 그려내며 삽시간에 쓸려 나갔다.

"녹림의 형제여! 어찌하여 우리를……!"
"닥쳐! 망룡채 망한 지가 언젠데!"
망룡채와 같은 녹림십팔채의 일원이었던 흑웅채는 전날 혜광에게 개겼다가 죽기 일보 직전까지 갔다 돌아온 정만의 독기에 굴복했다.

이현의 무리가 지나가는 마을마다.
남아 있는 악인은 없었다.
그렇게 어느새 숫자는 일천에 가깝게 불어났다. 그중 무공을 익힌 산적 출신의 무인만 얼추 사백을 넘는다. 이제 군부도 눈치를 봐야 할 실정이다.
그러니 소문이 날 수밖에 없었다.
그런데 그 소문이 조금 이상하다.
"무당잠룡과 의혈단이라니!"

무당잠룡과 의혈단.

무당잠룡의 협의에 감동한 의혈단이 모여 산적과 암흑가를 처단하더라.

악인이 악인을 처단한다고 믿을 사람은 없으니, 소문이 그쪽으로 나 버린 것이다.

"이게 무슨 개 풀 뜯어먹는 소리야!"

덕분에 무당파의 명성이 올라갔다.

그 중심에 선 이현의 명성 또한 마찬가지다.

문제는.

"협객이라니! 천하의 대마종 혈천신마가 무슨 얼어 죽을 협객!"

한때는 중원을 피로 물들였던 혈천신마였던 이현이.

이제는 의협심 넘치는 대협객이 되어 버렸다.

협객.

"……젠장!"

마음에 안 들었다.

녹림십팔채.

산적들의 연합. 산적계의 무림맹.

그 역사를 거슬러 올라가면 국가라는 단체의 탄생보다 앞선다. 양산박의 후예를 자처하지만, 오랜 세월 동안 녹림십팔채를 구성하는 구성원들의 면면은 꾸준히 바뀌었다.

하지만.

녹림십팔채는 계속해서 존재해 왔다.

나라가 바뀌고, 오랑캐가 쳐들어와도.

녹림십팔채는 존재했다.

사파의 성격이 강하지만, 수로십팔채(水路十八砦)와 더불어 독자적인 노선을 걷고 있는 단체이기도 했다.

수도, 무위도 누구도 무시할 수 없는 단체이기도 하다.

그리고.

호왕채주 양자호.

그는 작금의 녹림십팔채를 이끄는 우두머리인 총표파자(總鏢把子)다. 또한, 천하십대고수의 말석을 차지하고 있는 산적왕(山賊王)이란 별호를 가진 절대고수이기도 했다.

녹림십팔채를 이끄는 총표파자이자, 천하십대고수 중 한 사람인 그가 할 일은 단 둘뿐이다.

녹림의 질서 유지와 녹림을 수호하는 것.

그것이 그가 할 일의 전부 다.

사실 말이 질서 유지이지, 딱히 동종 업계 간의 금기를 건드리지 않는 이상 나설 일은 없다. 녹림을 수호하는 것 또한 마찬가지다.

어느 단체든. 어느 집단이든.

녹림 전체를 적으로 돌리는 것은 골치 아픈 일이었으니까.

그런데.

그런 그가 요즘 몹시 바쁘다.

"큰일 났습니다!"

"또 어디냐?"

요즘 뛰는 일이 잦아진 총군사. 녹림군자(綠林君子) 표도중이 집무실로 뛰어들어 오기 무섭게 양자호는 얼굴을 찡그렸다.

다급한 표도중의 얼굴을 보아하니 또 불길한 생각이 뇌리를 스치고 있었다.

"철부채주가 당했습니다!"

그 불길한 짐작은 틀리지 않았다.

꽝!

"이런! 개 같은!"

어지간한 사내 허리보다 두꺼운 팔로 탁자를 내리쳤다. 탁자는 그대로 부서져 가루가 되어 버렸다. 애초에 자단목으로 만든 탁자라는 것이 무색할 만큼 그 흔적조차 찾아보기 어렵게 되었다.

가공할 만한 내공과 신력이 뒷받침되지 않으면 나올 수 없는 신위다.

하지만 정작 그 신위를 발휘한 양자호의 얼굴에서는 낭패감이 가득했다.

"이제 몇 개 남았지?"

"이로써 녹림십팔채가 녹림십오채가 되었습니다."

"뭐 이런!"

녹림십팔채다.

산 많고, 산적 많은 중원 산적계의 최정상 열여덟 산채를 의미한다. 그중 세 개가 털렸다.

아무리 말석이라도 일개 문파 하나를 털어 버릴 만한 전력을 갖추고 있는 그 녹림십팔채의 일원이 말이다.

"어떤 놈이냐?"

"그놈입니다."

"……."

표도중의 대답에 양자호는 눈을 질끈 감아 버렸다.

또 그놈이다.

벌써 몇 번째인지 모른다. 녹림십팔채 중 세 채가 쓸려 나가는 동안 녹림십팔채에 들지 못한 산채들은 그보다 더 많이 쓸려 나갔다.

그때도 같은 이름이 나왔었다.

"망할! 태극검제!"

태극검제 청수진인.

아니, 아니다.

"그 망할 영감탱이는 별 거지 같은 놈을 제자로 받아서는!"

그 태극검제 청수진인의 제자.

무당잠룡 이현.

처음 신장개업한 산채 하나가 털리던 순간부터 시작해 오늘날 녹림십팔채가 녹림십오채가 될 위기에 처한 이 순간까지.

꾸준히 귀에 들려오는 이름이다.

"끄응!"

입에선 절로 앓는 소리가 흘러나왔다.

이렇게 산채가 무너지고 나면 녹림십팔채의 힘도 줄어들기 마련이다. 그리고 그렇게 되면 만만히 보고 덤벼드는 것들도 생겨나기 마련이기도 했다.

가뜩이나 불법으로 먹고사는 직종이다.

관부는 물론이고, 사방천지가 원한에 사무친 적들이다.

위험했다.

"방법은? 방법은 아직도 없나?"

위기의식에 온몸이 벌겋게 달아오른 양자호가 물었다.

이런 상태의 양자호는 위험하다.

화가 머리끝까지 올랐다는 것을 의미하기 때문이다.

오랫동안 그를 곁에서 보필해 온 표도중이 그것을 모를 리 없다.

하지만.

표도중은 눈을 질끈 감았다.

"그저 무당파에 공문을 보내는 것밖에는……."

"이런! 그게 통할 것 같으냐? 정파 놈들에게 공문 보내면? 그놈들이 '예! 알겠습니다.' 할 놈들이냐! 아니, 것보다 공문엔 뭐라 쓸 것이냐? '귀 파의 제자분이 우리 녹림 식구들을 때려잡고 있으니 좀 말려 주십시오!' 뭐 이렇게 보낼까?"

말도 안 되는 일이다.

정파에서도 손꼽히는 무당파다.

무당파에서 옳은 일을 한다는데, 그것을 무슨 명분으로 막는단 말인가.

그게 그쪽 정파에서 하는 일이다.

설혹, 일이 잘못되더라도 자존심상 지금 이현이 저지르는 일을 막을 수는 없을 것이다.

공문으로는 답이 없다.

으득!

양자호는 이를 악물었다.

참을 때까지 참아 보았지만, 이제는 방법이 없다. 마지막까지 미뤄 두었던 수를 쓰지 않으면 안 될 시기다.

"애들 연장 챙기라 하거라!"

"총표파자님!"

"내가 간다! 직접!"

직접 가서 이현을 때려잡는다. 그에게는 그의 명령 하나에 죽고 사는 훌륭한 수하들이 있다. 또한, 그 스스로도 천하십대고수 중 한 사람인 산적왕이다.

그가 직접 나서서 녹림의 생태계를 위협하는 이현을 때려잡으리라!

하지만.

"이제 의혈단이란 놈의 숫자가 일천인데요?"

"……!"

"거기다가 태극검제도 동행하고 있다고 전에 말씀드리지 않았습니까!"

표도중의 이어지는 설명에 양자호는 입술을 깨물었다.

늘었다. 숫자가!

부담된다. 태극검제가!

"……써."

"예?"

"공문 쓰라고. 힘으로 안 되면 빌기라도 해야지!"

양자호의 훌륭한 수하는 오백이다. 의혈단의 숫자에 비

하면 절반밖에 되지 않는다.

어쩔 수 없다.

산적이란 자고로 한곳에 짱박혀서 오는 손님 받아 영업하는 직업이지, 이리저리 돌아다니며 능동적으로 손님을 받는 직업이 아니다.

들어오는 수입이 한정되어 있으니, 유지할 수 있는 전력도 한정될 수밖에 없다.

그 이상은 자멸만 있을 뿐이다.

그럼 그 두 배에 가까운 전력 차이를 양자호의 실력으로 메워야 한다.

다른 상대라면 천이 아니라 이천이라도 걱정하지 않았을 것이다.

하지만 같은 천하십대고수 중 하나인 태극검제 청수진인은 다르다.

자존심 상하는 일이지만 솔직히 일대일로 싸운다고 해도 승리를 장담할 수 없는 상대다.

아니, 열에 여섯은 진다고 보는 편이 맞다.

결국, 이러지도 저러지도 못하는 상황이다.

그 와중에도 양자호를 가장 괴롭게 하는 것은 따로 있었다.

"망할! 털려면 수적 놈들이나 털 것이지, 왜 우리를 털고 지랄이야! 지랄이!"

누구는 하루가 다르게 전력이 깎여 나가는데, 지금도 탱자탱자 노략질이나 하고 자빠졌을 수적 놈들이 웃고 있을 모습을 생각하니 더욱 괴로웠다.

"우리가 무슨 봉이냐고!"

산적왕 양자호는 절규했다.

산적왕 양자호만 절규하는 것은 아니다.

"털려면 산적 놈들이나 털지! 힘없는 우리는 왜 털어!"

흑도.

암흑가.

그중에서 암흑가를 양분하고 있는 커다란 두 단체가 있다.

바로 흑점과 하오문.

그중 흑점을 지배하고 있는 흑신군 위자약은 산적왕이 그랬던 것과 같이 절규하고 있었다. 아마 지금쯤 하오문주 또한 다를 바 없으리라.

이현은 산적만 털지 않았다. 흑도. 암흑가도 털었다.

암흑가를 양분하고 있는 흑점 또한 털릴 수밖에 없는 위치다.

"일호! 높으신 분들께서는? 아직 아무 말도 없으시더

냐?"

위자약은 수하 일호를 불러 물었다.

더러운 일을 하는 그를 지키는 호위대장이자, 그가 시키는 일들의 대소사를 관리하는 총관과도 같은 자다.

스륵!

위자약의 물음에 허공 속에서 사람의 모습이 튀어나왔다.

"명분이 없다고 합니다. 그리고……."

무미건조한 목소리 끝이 흐려졌다.

높으신 분들은 매달 흑점이 상납하는 돈을 받아 드시는 고위 관직에 올라 있는 분들이시다.

신분은 다양하다. 깊게 파고 올라가면 황제의 최측근이라는 태감에 이르기까지 흑점의 돈을 받아먹지 않은 관리는 없다.

직접적인 무력행사를 고려했던 녹림십팔채와 달리, 위자약은 권력을 이용하려 했다.

헌데, 돌아온 것은 명분이 없어서 안 된다는 허탈한 대답.

"그동안 받아 처먹으신 돈이 얼만데 그것 하나……!"

일견 맞는 말인 것도 같다.

백성들을 좀 먹고 국법을 기만하는 산적과 흑도들을 턴

다.

그것으로 관에서 직접 나서기는 모양새가 안 좋긴 하다.

하지만.

그것 모두 구차한 핑계에 불과함을 알고 있었다.

"산적 터는 산적 놈들이나…… 흑점 터는 흑점 놈들이
나……."

흑점은 정보에 밝다.

중인들이 의혈단이라 부르는 그들의 정체가 무엇인지 안
다.

전직 산적. 전직 암흑가 파락호.

그리고 그 정보는 고스란히 윗분들에게까지 올려다 바쳤
다.

명분을 만들기 충분한 조건이다.

그런데도 거부당했다.

이유가 짐작 간다.

"그리고?"

위자약이 일호의 다음 말을 재촉했다.

"당분간 연락은 삼가라 하셨습니다."

"제길! 그래! 장부 뺏겼다 이거지? 자기들 목숨 건사하
기도 바쁘시다. 이 말씀이다?"

의혈단은 돈과 사람만 털어가지 않았다.

어떻게 알았는지 꼭꼭 숨겨 둔 장부까지 꼬박꼬박 찾아내 털어 갔다.

물론, 그 장부 안에는 흑점 각 지부마다 수입 경로와 지출 경로가 빼곡히 적혀 있었다. 심지어, 그 지방 관료들에게 몰래 찔러준 뒷돈까지.

그러니 높으신 분들께서 몸을 사리는 것이다.

관료들끼리도 인맥과 파벌이 있다. 그 인맥은 중앙 관료와 지방 관료를 아우른다.

지방의 고위직 관료가 돈을 받아 처먹었다는 사실이 알려지면, 비리에 연류된 지방 관료와 인맥을 구축한 중앙 관료 또한 목이 위험하다.

장부를 자세히 남긴 것 또한 그것을 이용해 윗분들을 움직이기 위해서다.

윗분들을 위협하는 일종의 칼인 셈이다.

그 칼이 이현과 의혈단에게 넘어갔다.

그러니 괜히 그들을 자극해서 자신의 정치생명이 위험해지는 일은 피하고자 하는 것이다.

실지로 그것을 아는지 이현과 의혈단은 꼬박꼬박 장부를 찾아내면서도 거기에 적힌 비리를 한 번도 이용하거나 유출시키지 않았다.

'머리가 좋은 놈이야. 아니, 어쩌면 그 스승 놈이 뒤에서

그렇게 조종하고 있는지도 모르지.'

위자약은 이현이 심계가 깊다고 생각했다. 어쩌면 그와 동행하고 있는 이현의 스승 청수진인의 머릿속에서 나온 심계일지도 모른다는 추측까지 했다.

사정을 알고 보면.

이현은 애초에 귀찮고 머리 아파서 장부를 파헤칠 생각 조차 하지 않았다는 것이지만 말이다.

어쩌겠는가.

이현의 마음을 알 리 없으니 그저 자신의 식으로 추측할 수밖에.

'일이 어떻게 되었든! 지금은 장부부터 찾는 것이 우선 이다! 무당잠룡을 벌하는 일도, 의혈단을 무너트리는 것도 그다음의 일이야!'

장부를 되찾아 와야 한다.

그간 이현과 의혈단 때문에 입은 금전적 피해를 복구하 는 것은 다음의 일이다.

"장부 찾으라고 보낸 애들은? 왜 아직 소식이 없어?"

보냈다.

진즉에 보냈다.

정보 장사부터 시작해 암살, 소매치기 등등의 일들을 겸 하는 흑점이니 만큼 은신잠입에 뛰어난 이들로 뽑아 보냈었다.

처음 장부가 털렸던 그 순간부터.

그런데 아직 연락이 없다.

"연락이 끊겼습니다."

"그래서!"

"수소문해 본 결과 의혈단에 잡힌 듯합니다. 그리고……."

"그리고?"

"지금 앞장서서 저희 흑점을 공격하고 있다는 정황도 발견되고 있습니다!"

"이런 뭣 같은! 그것들은 대체 뭐하는 것들이야?"

위자약의 짜증이 폭발하는 순간이다.

장부 찾아오라고 보냈더니, 앞장서서 털고 있단다.

배신도 이 정도면 처음부터 노린 계획이라 해도 믿을 수준이다.

헌데 짜증은 아직 일렀다.

"그래서 또 보냈습니다만……."

"그런데? 왜? 게네들도 먼저 보낸 놈들이랑 짝짜꿍해서 우리 털고 있나?"

"예!"

"……."

일호의 짧은 대답에 위자약은 입을 다물었다.

"흑점이 언제부터 이렇게 배신이 팽배한 곳이었지?"

허탈해서 웃음도 안 나온다. 과연 지금의 흑점이 자신이 생각했던 흑점이 맞는지 의심스러울 지경이다.

그러다 보니 이제는 화도 안 났다.

"대체 뭐하자는 것이냐?"

그저 궁금할 뿐이다.

대체 무엇 때문에 갑자기 암흑가를 털어 대고 있는 것인지.

"왜?"

알고 싶었다.

*　　　*　　　*

"여기 철부채가 모아 놓은 돈들입니다. 현물은 근처 마을에 싼값에 처분하기로 했습니다."

점심나절 시작된 철부채 약탈 작전은 한 시진 만에 깔끔하게 끝이 났다.

전에는 바로바로 현금화할 수 있는 것만 털었는데, 이제는 현물까지 얼마의 돈이라도 만들 수 있는 체계성까지 갖췄다.

녹림십팔채에 속했던 만큼 철부채가 모아 놓았던 현금이
제법 두둑하다.

궤짝으로만 세 개.

슬쩍 열어 보니 하나는 현금이고, 또 하나는 전표, 남은
하나는 번쩍이는 금궤로 채워져 있었다.

"어. 그래. 잘했다."

노획물을 받아 보는 이현은 고개를 끄덕였다.

'이것들은 왜 이렇게 적응이 빨라?'

방금 보고를 마친 이는 한때 같은 녹림십팔채의 일원이
었던 망룡채의 채주 정만이다.

바짝 기합이 들어 직각으로 허리를 숙이는 꼴이 마치 군
부의 장수라도 된 듯싶을 지경이다.

이번 약탈에서도 선봉에 섰던 인간이 정만이었다.

선두에 서서 가차 없이 철부채를 제압하던 정만의 살기
등등한 모습은 아직도 눈앞에 선하다.

동생의 배신으로 눈물 흘리며 반쯤 미쳐 혜광에게 덤벼
들던 모습을 생각하면 참으로 상전벽해와 같은 변화가 아
닐 수가 없었다.

'뭐, 나야 좋지만⋯⋯.'

애초에 계획했던 일이다.

다만 그것이 의혈단 놈들의 적극성과 적응력이 애초의

예상을 한참이 웃돌고 있을 뿐이었다.

'이러고 있으니 옛날 생각도 나고.'

빙글!

이현의 입가에 미소가 번졌다.

이렇게 우르르 몰고 다니니 옛날 생각이 났다.

야율한이었을 때.

그때 신강의 마적들을 통합하면서 우르르 수하들을 이끌고 다녔었다. 이후 마교를 상대할 때는 신강 전 지역의 마적들을 이끌고 나서기도 했었다.

오랜만에 옛 수하의 이름도 떠올랐다.

'옥분이는 잘 있으려나?'

옥분(玉粉).

야율한이 처음 접수한 마적 떼의 두목이었던 자.

이후 야율한의 오른팔을 자처했고, 마도를 통합한 이후에는 혈천신마의 지낭으로 함께 활동했었다. 배운 건 그다지 없는 녀석이었지만, 잔머리가 좋고 대세를 보는 눈이 좋았다.

덕분에 마교를 제압할 때부터 꽤나 수월하게 일이 진행되었었다.

그렇게 이현이 옛 생각을 하고 있을 때.

마을에 물건을 처분하러 다녀온 수하들과 이야기를 나누

던 정만이 다시 돌아왔다.

"저…… 도사님?"

"응? 왜?"

"신강까지 가신다고 하셨습니까?"

"그랬지. 그런데 왜?"

느닷없는 이야기다.

어차피 정만과는 상관없는 이야기이기도 했다.

정만과 산적들은 신강 인근에 도착하면 해당 관아에 넘겨지기로 이미 이야기가 되어 있었다.

그런데 왜 갑자기 목적지는 묻는 것일까.

"아무래도 신강은 포기하셔야 할 듯싶습니다. 대, 대신 이참에 아래로 내려가서 물 구경도 좀 하시고……."

정말의 말이 횡설수설이다.

조심스러운 표정은 어딘가 모르게 꺼림칙한 기색도 느껴졌다.

"무슨 일인데?"

"그…… 그러니까 말입니다?"

"그러니까고 뭐고 간에. 뭐?"

"일전에 신강 마적 놈들이랑 마교랑 한판 붙었잖습니까?"

"그랬지. 마교가 발렸고."

이현은 고개를 끄덕였다.

익히 알던 이야기다. 그것 때문에 지금 신강으로 향하고 있는 것이 아닌가.

마적이 마교의 무사들을 패퇴시켰다.

그것이 가능해지려면 야율한. 과거의 자신이 있어야만 했다. 아니, 최소한 과거 자신의 몸을 가진 누군가라도 존재해야만 가능한 일이다.

"그런데 그게 왜?"

"마을에 갔던 놈들이 들어온 이야기인데…… 그 마교가 다시 움직였다고 합니다."

"……"

이현은 말이 없었다.

머릿속이 복잡했다.

'뭐가 어떻게 돌아가고 있는 거야!'

과거.

당시 마교는 마적연합에 패퇴했다. 거기까지는 현재와 똑같다.

하지만.

지금부터는 달라졌다.

당시 마교는 후속 부대를 보내지 않았다.

마적연합에 패했다는 사실 자체를 없던 일로 치부하며

무대응으로 일관했다.

　과거와 다르다.

　"숫자만 일천이랍니다! 지금 신강에서 마적과 연관된 자라면 닥치는 대로 쳐 죽이고 있답니다!"

　이어지는 정만의 설명은 귀에 들어오지도 않았다.

　'마교가 왜?'

　과거와 같은 발단. 하지만 다른 전개.

　솔직히.

　혼란스러웠다.

第九章

이현이 마교의 소식을 전해 들었을 때.

그와 같은 소식을 전해 들은 마뇌는 잰걸음으로 천마를 찾아가고 있었다.

부득이한 사정으로 며칠 자리를 비웠었다.

그사이 벌어진 일이다.

지금의 천마가 천마의 이름을 얻기 전부터 마뇌는 그를 곁에서 보필했다.

누가 무어라 해도 그는 현재의 천마를 만든 일등공신이며, 일인지하만인지상(一人之下萬人之上)의 존재로서 이 천마신교의 이인자였다.

천마를 대신해 정책을 수립하고, 신교의 대소사를 관리 감찰하던 것도 마뇌였다.

천마는 지금껏 단 한 번도 그런 마뇌의 의견을 물리치지 않았다.

그런데 이번은 다르다.

단 한 마디의 상의도 없이 천마가 일을 저질렀다.

덜컹!

천마전에 도착한 마뇌는 허락도 구하지 않고 문을 열고 들어섰다.

천마의 최측근인 그에게는 그만한 권한이 있다.

태연한 얼굴로 의자에 앉은 천마의 얼굴을 확인한 마뇌는 곧장 목소리를 높였다.

"추혈검대(追血劍隊)라니요! 아니, 그것까진 이해할 수 있습니다! 천마혈검대(天魔血劍隊)와 천마만만대(天魔萬萬隊)도 이해할 수 있습니다. 하지만 천마수신위(天魔守身衛)까지 보내시다니요!"

가끔 외부로 일을 나서는 추혈검대까지는 이해할 수 있었다.

그러나 천마혈검대와 천마만만대는 달랐다. 특별한 일이 없다면 결코 교를 나가서는 안 될 이들이다. 역사적으로 그들이 신교 밖으로 나섰던 때는 천하일통의 위업을 달성하기 위함뿐이었다.

심지어 천마수신위까지 보냈다.

가장 가까운 곳에서 천마를 호위하는 이들이다. 개개인의 무력이 가히 구대문파의 장로급에 버금가는 이들이기도 했다.

천마신교의 역사를 통틀어서도 그들이 천마의 곁을 떠난 일은 단 한 번도 없다.

그런데 그 일이 벌어졌다.

고작 신강의 마적 떼를 처벌하기 위해서.

마뇌가 이처럼 흥분을 감추지 못하는 것도 그러한 이유 때문이었다.

하지만.

"이야기하려 했는데 없더군."

천마는 태연했다.

"어디 갔었지?"

그리고 묻는다.

"……개인적인 용무로…… 죄송합니다."

필요한 때에 없었다. 그것은 분명 마뇌의 불찰이다. 언제든 손 닿는 곳에 있어 필요할 때에 제 꾀를 내어 주는 것이야말로 마뇌가 할 일이었으니 변명의 여지가 없는 일이다.

마뇌가 고개를 숙였다.

고개 숙인 마뇌의 머리 위로 천마의 덤덤한 목소리가 흘러나왔다.

"신교는 항상 공포의 상징이었다. 왜지?"

갑작스러운 물음.

그 물음에 마뇌는 일순 목이 막혔다.

할 말이 없어서가 아니다.

'어찌 당연한 것을 묻는단 말인가?'

할 말이 너무나 많아서 어디서부터 답을 해야 할지 감이 잡히지 않았기 때문이다.

터무니없는 질문이다.

단일 문파로 가장 강력한 전력을 구축하고 있는 천마신교다. 또한, 신교의 교주인 천마는 대대로 천하에서도 손꼽힐 만한 강자들이었다. 천마신교가 한번 몸을 일으키면 무림은 정사를 막론하고 신교를 막기 위해 발버둥쳐야 했다. 그때마다 피가 강을 이루고 시체가 산을 이루었음은 말하지 않아도 될 일이다.

공포의 존재로 군림해 온 이유는 그 밖에도 많다.

헌데, 그것을 왜 지금 묻는단 말인가.

허나, 답해야 했다.

"우선 단일 문파로서는……."

마뇌가 입을 열었다.

하지만.

"아니야."

천마는 고개를 젓는다.

마치 마뇌의 대답이 마음에 들지 않는다는 듯한 모습이다.

그리고.

"패하지 않았기 때문이다."

그가 말했다.

천마는 태연한 얼굴로 덤덤히 그 짧은 말을 내뱉었다.

패하지 않았다.

역사를 통틀어 몇 번이나 시도되어 온 천마신교의 무림 정복.

하지만 모두 실패했다.

중원을 정복하기 위해 나섰던 신교의 무사들은 다시금 신교로 복귀해야 했었다.

'그럼에도 신교는 한 번도 패하지 않았다.'

신교는 패하지 않는다.

그저 잠시 멈춰 쉬어 갈 뿐이다.

때문에, 단 한 번도 본산이 침범당한 적 없다. 때문에, 무림은 항상 천마신교의 발호를 걱정한다.

그것은 신교의 교도들이 아는 사실이고, 자존심 높은 정파와 눈치 빠른 사파도 내심 인정하고 있는 사실이다.

"강자존. 신교의 법칙이지. 누구든 천마가 될 수 있다. 그 힘으로 이 자리를 빼앗으면 된다. 나 또한 전대천마로부터 이 자리를 빼앗아 천마가 되었다. 반란이다. 그리고 그 반란은 신교의 전력을 후퇴시키지."

당연한 이야기다.

천마는 신교에서 가장 강한 자가 되어야 한다. 그것이 신교의 율법. 당연히 세대교체는 반란을 통해 이루어지고, 그것은 곧 일시적 전력 누수로 이어진다.

"그럼에도 누구도 신교를 넘보지 못했다. 저 중원의 정파도, 사파도, 심지어 황제조차도."

단 한 번도 본산을 침범당하지 않았다.

그것만으로도 천마의 말은 틀리지 않았음을 증명한다.

"왜 그랬을 것 같나?"

"……공포입니다."

천마의 물음에 마뇌는 어렵게 답했다.

공포다.

단 한 번 몸을 떨치고 일어서는 것만으로도 무림을 피로 물들이는 천마신교다. 그런 천마신교의 전력이 약해졌다고 한들, 누구도 섣불리 넘볼 수는 없다.

"그래서다."

짧은 한 마디.

"……."

천마의 그 짧은 한마디가 그의 결정의 모든 이유를 설명하고 있었다.

패배의 전례를 만들지 않는다. 그 전례는 언제고 천마신교를 위협할 칼이 되어 돌아올 것이기에.

그렇기에 반박조차 불가하다.

촤확!

천마는 손을 뻗어 창을 가린 휘장을 걷었다.

먼 곳에 있는 창이다. 손을 뻗는다고 닿을 수 있는 거리가 아니었건만, 휘장은 깔끔하게 걷혀 창을 열어 보였다.

천마는 그 창을 바라보았다.

"마졸을 포함한 출정 숫자는 일천이백. 나는 그들에게 멸(滅)하라 명했다."

멸(滅).

관련된 것이 있으면 그 무엇이든 파멸시킨다. 죽이고 짓밟고 불태운다. 살아 있는 것이라면 죽이고, 물건이라면 부순다. 아직 태어나지 않은 것이라면 태어나지 못하게 하고, 이미 죽은 것이라면 무덤에서 다시 끄집어내어 죽인다.

천마가 고개를 돌려 마뇌를 바라보았다.

"부족한가?"

덤덤한 그 시선에 마뇌는 고개를 조아려야만 했다.

"……충분합니다."

충분했다.

지나칠 정도로.

*   *   *

과거가 아니, 현재가 바뀌었다. 어쩌면 미래가 바뀌었을지도 모른다. 원래대로 흘러가던 거대한 수레바퀴가 자리를 이탈한 것이다. 수레바퀴가 자리를 이탈했으니 거기에는 그만한 이유가 있을 것이다.

변수.

변수가 있다.

하지만 그 변수가 무엇인지는 모른다.

눈으로 직접 확인해 보아야만 알 수 있는 문제다.

속도를 올려야 했다.

그러기 위해서는 지나치게 비대해진 의혈단을 해체 시켜야 한다.

늘어난 숫자만큼 이동 속도는 떨어지기 마련이었으니까.

물론, 그냥 풀어 줄 수는 없다.

전직 산적과 전직 암흑가 파락호들로 구성된 의혈단이

다. 그 숫자가 천에 가깝다. 이대로 내버려 뒀다가는 무슨 짓을 저지를지 누구도 장담할 수가 없다.

당장 청수진인이 결사반대를 외치며 이현을 때려죽이려 고 달려들 것이다.

그러니 그냥 풀어 줄 수는 없다.

자유의 몸이 된 의혈단을 강제해 줄 무언가가 필요했다.

그것이 관아다.

관군들이 의혈단을 관리한다고 하면 청수진인도 더는 반 대하지는 않을 것이다.

이현은 의혈단을 모두 불러 모았다.

"자수해!"

일천의 전직 산적, 파락호의 집단 자수.

그것만이 무사히 의혈단을 해체할 방법이었다.

현위 휘청원은 머리가 아팠다.

"자수하러 왔소! 이 몸으로 말할 것 같으면 그 이름도 유 명한 녹림십팔채의 일원인……."

"저는 흑점지부를 운영하던 지부장인데……."

"아! 왜 빨리 안 잡아가는 건데? 왜? 지금 내가 이름값 떨어진다고 무시하는 거야? 응? 오늘 우리 격하게 다뤄 봐?"

난데없이 뛰어들어 온 일천 명의 범죄자들.

그들이 자수하고 있다.

지방의 작은 현에서는 감히 감당할 수 있는 숫자가 아니다.

심지어 그중에는 무림에서도 인정해 준다는 녹림십팔채 소속도 있고, 알음알음 관부의 요직과 줄이 닿아 있다는 흑점과 하오문 소속도 있다.

감당할 수 있는 숫자도 아니고, 감당할 수 있는 위인들도 아니다.

그래서 현령을 찾아가 명을 받아서 오는 길이다.

"저…… 여러분?"

분명 현위는 현령을 보위하는 떳떳한 관리건만, 이상하게 범죄자들 앞에서 존댓말이 흘러나왔다.

그를 지키고 있는 포두와 포졸이 전혀 믿음이 가지 않기는 이번이 처음인 듯싶다.

"뭐? 왜! 불렀으면 말을 해야 할 것 아니야! 말을!"

"아! 내 이름값 떨어져서 일 처리 늦게 하느냐고! 빨랑 잡아다 넣으라니까? 엉! 이참에 아주 이름값 팍팍 올리고 올까? 응?"

실지로 그를 향해 버럭버럭 소리를 질러 대고 있는 위인들의 우락부락한 몸뚱이와 여기저기 칼집 그어진 얼굴을 보고 있노라면 절로 다리가 후들거렸다.

질끈!

현위는 눈을 질끈 감았다.

"현령님께서……."

어쨌든 현령의 명령은 전달해야 했다.

차마 말이 떨어지지 않는다. 이런 일은 그로서도 처음인지라 이게 이렇게 해도 되나 싶을 지경이다.

잠시 멈췄던 현위의 입술이 다시 움직였다.

"그…… 방면하라 하십니다만?"

그렇게 이야기했다.

이 사포현을 책임지고 있는 현령은 일천 명의 범죄자가 집단 자수하러 찾아왔다는 말에 꼬리를 내빼며 도망칠 때 분명 그렇게 명령했었다.

'그, 그래도 끝났다!'

어쨌든 명령은 전달했다.

이제 이 다리 풀리는 소동도 끝이 날 것이다.

현위는 그렇게 믿었다.

하지만.

"왜!"

"아니, 왜! 이 몸이 직접 잡혀 주시겠다는데! 왜?"

"너 지금 우리가 범죄자라고 우리 성의 무시하냐?"

어째 집단 자수자들의 반발이 예상 이상이었다.

"……너희 지금 내 성의 무시하냐?"

이현은 자신의 앞에 죄지은 것처럼 고개를 처박고 있는 일천 명의 건장한 사내들을 노려보고 있었다.

자수하고 옥에 갇히라고 했다.

귀찮게 머리 쓰지 말고 그냥 죽이자던 혜광의 강짜를 무시하고 크게 마음 쓴 것이다.

그래도 그간 벌어다 준 돈이 있었고, 약속한 것도 있었으니까.

내심 스스로 참 마음 많이 유해졌다 생각하고 내린 명령이었다.

헌데.

자수하러 가겠다던 놈들이 고스란히 돌아왔다.

이현은 자신의 선의가 무시당한 것만 같아 심히 기분이 불쾌했다.

"저…… 현위 놈이 방면이라고…….."

우철산이 용기 내 말했다.

"예. 저도 분명 그렇게 듣고…….."

정청이 맞장구친다.

"제가 그렇게! 그렇게 잡아 가둬 달라고 사정을 했는데 말입니다…….."

정청의 친형인 정만이 슬쩍 눈을 피하며 이야기를 덧붙였고.

"저는 미리 제가 저지른 죄까지 내역으로 뽑아다가 갔는데 튕겼습죠!"

흑점 어디 지부장이라던 놈이 이야기를 마무리한다.

"흐음……."

이현은 턱을 쓰다듬었다.

'거짓말 같지는 않은데……?'

혜광의 성질머리 잘 아는 놈들이다. 그러니 곱게 죽고 싶으면 그냥 관아에 자수하는 게 백번 낫다. 아니, 하다못해 이렇게 다시 찾아오지도 않았을 것이다.

그런데.

"왜?"

도대체 왜 방면이라는 말인가.

하나같이 즉각 추포되어도 모자랄 인간들을 왜 방면한단 말인가!

"왜 그랬대?"

이현의 물음에 정만이 나섰다.

"그…… 이유가 세 개가 있습니다."

"말해."

"첫째로는 수용 공간 부족이라네요? 자수 인원 과다라고……."

"그리고?"

"비슷한 이유로 옥에 가둬도, 거둬 먹일 음식이 없다고……."

"또?"

"정상…… 정상참작인가? 문자가 어려워서 잘은 기억 안 나는데 아무튼 그렇답니다."

정상참작.

앞에 두 개는 그래도 이해는 가능하다.

하긴, 굵직굵직한 산적 포함해 일천 명이다. 옥에 가둘 공간도 없고, 가둬도 제어할 능력도 없다. 하루 한 끼 배급되는 식사도 지급하기 어렵다는 것도 이해가 간다.

헌데 정상참작이라니.

"그 저희가 그간 좋은 일도 좀 하지 않았습니까. 산적 놈도 때려잡고, 흑도 놈도 때려잡고……."

"그놈들이 네놈들이잖아?"

때려잡은 놈도, 때려잡힌 놈도.

그놈들이 지금 눈앞에 자수조차 받아들여지지 않고 돌아온 이 인간들이다.

'정상참작은 무슨!'

황당해서 말도 안 나올 지경이다.

그런 이현의 심정을 아는지 모르는지 정만의 설명은 계속되었다.

"아무튼 그것 때문에 공도 있다 하여 뭐…… 이를 정상 참작하여 뭐라고 했더라?"

"집행유예?"

헤매는 정만을 이현이 도와주었다.

어째 돌아가는 꼴이 참회동에 갇혔다 나올 때 자신의 이야기와 비슷해지는 것 같아 툭 던져 본 말이다.

"맞습니다! 집행유예! 집행유예 오 년이랍니다. 앞으로 산적질 안 하고 죄 없는 애들 안 패면 잡혀 올 일 없다고 했습니다만?"

"……."

할 말이 없다.

진짜 뭐라고 해야 할지 생각도 나지 않는다.

그래서 이현은 한참 동안 말없이 의혈단을 바라보았다.

그 모습이 불안했나 보다.

"저…… 다시 가서 자수할까요? 안 받아주면 뭐 현령 목줄이라도 틀어쥐고 들어앉아도……."

정만이 최후의 방법을 꺼내 놓는다.

그야말로 최후의 방법이다.

황제가 임명한 관리의 멱살을 틀어쥐고 옥에 들어가 앉는다.

반역이다.

황제에 대한 반역은 구족을 멸족한다.

의혈단과 엮인 이현도 여러모로 피곤해질 수밖에 없는 죄목이기도 했다.

'어쩌지?'

머리가 아팠다.

처리하긴 처리해야 하는데 뒤탈 없이 처리할 방법이 마땅치가 않다.

"그냥 죽일까?"

최선은 의혈단 전원을 죽이는 것이었다.

순간, 의혈단원들의 얼굴이 모두 새파랗게 질리고 말았다.

第十章

　판단은 보류다.

　죽이는 건 언제든 죽일 수가 있다.

　무엇보다 무턱 대고 죽였다가는 혜광이야 반기겠지만, 청수진인이 두 팔 벗고 반대하고 나설 것이 분명했다.

　그 이름도 높은 무당파의 태극검제께서는 반항의 의지도 없는 상대를 죽인다는 것을 용납할 만큼 융통성 있는 인간이 아니었으니까.

　그래서 일단 보류다.

　시간이 갈수록 골머리만 썩히고 있는 실정이다.

　그런데.

"오늘부터 따로 움직이자꾸나."

저녁 식사 자리에서 청수진인이 생각지도 않은 말을 내뱉는다.

"신강의 사정이 급박하게 돌아가는구나."

머리 아픈 와중에 반가운 말이다.

"아쉽지만 어쩔 수 없군요. 하지만 어쩌겠습니까. 제자의 여행 때문에 스승님께서 행하시는 일에 차질이 생겨서야 안 될 일이지요. 아쉬운 마음은 뒤로하고⋯⋯."

"육시랄! 마음에도 없는 말은 잘도 하는구나!"

애써 기쁜 마음을 감추며 이야기하고 있는데 혜광이 초를 친다.

"나와 저놈이 간다. 너는 청화와 함께 가거라."

"쥐똥이랑요?"

"이씨! 쥐똥 아니라니까? 너 자꾸 그러면 나 또 술 먹고 꼬장 부린다?"

연이어 터져 나오는 예상치 못한 말.

혜광의 그 말에 이현이 놀라는 것도 잠시, 이번에는 청화가 끼어들었다.

술 먹고 주정 부린 일이 무슨 무기라도 되는지, 이제는 시시때때로 수틀리면 술 먹고 주정 부리겠다고 강짜를 놓는 청화다.

"너 술 처먹기만 해 봐! 입을 쫙 째 버릴 테니까! 어딜 대가리에 피도 안 마른 년이 술이야! 술이!"

"칫!"

이현의 으름장이 있고 나서야 청화가 입을 삐죽이며 수그러든다.

이현은 다시 고개를 돌려 청수진인을 바라보았다.

혜광에게도 할 수 있는 말이지만, 성질 더러운 혜광 보다는 그래도 청수진인이 낫다.

"저…… 저도 신강 가는데요? 유람이긴 하지만, 그래도 청화사…… 사고와 함께 가는 건 아무래도 좀 위험하지 않겠습니까?"

차마 입에서 나오지 않는 사고라는 호칭까지 억지로 내뱉었다. 대외적으로 이현이 무당에 보고하기를 신강 여행의 목적은 유람이다.

한때는 구대문파의 일원이었다가 사라진 곤륜파의 흔적도 구경하고 여기저기 살펴보고 견식을 넓히겠다는 목적이었다.

그 이유야 어쨌든.

마교의 무사들이 날뛰고 있는 신강에 전투 능력 미달의 청화를 데리고 가는 것은 위험한 일이다.

"그래서 너와 함께 가라는 것이다. 의혈단과 함께 가면 그래도 안전은 걱정하지 않아도 될 것이 아니냐."

마적도 아닌 산적과 흑도 무리로 이루어진 일천의 의혈단. 마적이 아니니 마교가 무턱대고 건드리진 않을 것이고, 숫자가 일천이니 함부로 덤벼들 생각도 하지 않을 것이다.

어떻게 보면 안전하긴 할 것이다.

이동 속도야 현저히 느려지겠지만.

"어차피 유람이니 쉬엄쉬엄 다녀온다고 생각하면 되지 않겠느냐."

여행이란 명분상 무어라 반박할 수도 없다.

*　　*　　*

일천의 인원이 신강으로 진입했다.

일대 장관이다.

비록 행색은 누가 봐도 산적이고, 누가 봐도 파락호 왈패였지만.

일단 숫자가 되니 멀리 서 보기에는 때깔이 좋다.

"사질아! 사질아! 우리 어디 구경할 거야?"

거기에 애 하나.

"몰라. 귀찮아. 다 때려 칠까?"

실의에 빠진 사내 하나는 덤이다.

애는 청화고 실의에 빠진 사내는 이현이다.

"아, 거추장스러워."

"죄, 죄송합니다!"

졸지에 청화의 안전을 위해 일천이나 되는 혹을 달고 신
강까지 오게 된 이현의 얼굴은 참혹하게 일그러져 있었다.

이현의 기색에 의혈단이 고개를 숙이며 사죄했지만, 귀
에도 들어오지 않았다.

"마적 찾아가자."

이현은 힘겹게 입을 열었다.

"곤륜파는?"

"나중에."

"나중에 언제?"

"몰라. 이년아!"

"아! 왜에!"

청화와 말을 섞으면 이상하게 자꾸 유치한 쪽으로 빠지
게 된다.

이현도 알고 청화도 안다.

청화는 그것을 은근히 즐기는 듯했지만, 이현은 아니었
다. 그래도 이 쥐똥만 한 떼쟁이를 조용히 시키려면 뭔가
그럴 듯한 이유를 들어 납득시켜야 했다.

여러모로 귀찮았다.

"스승님이 지금 신강의 마교 때문에 나오신 거지?"

"응."

"그럼 제자 된 입장에서 도와 드려야 하는 것이 옳은 일이지?"

"응."

"설명 충분해?"

"응!"

짧고 명료한 설명이다.

이보다 간단할 수 없다.

어린애인 청화를 납득시키는 데에는 어려운 말 굽이 굽이 돌려서 말하는 것보단 이처럼 말하는 편이 여러모로 잘 먹혔다.

어쨌든 조용히는 시켰다.

속에서야 여전히 짜증이 치밀어 올랐지만, 그렇다고 애한테 화풀이를 할 수도 없는 노릇이다.

뭐. 굳이 따지자면 원인 제공자이긴 하지만.

그래도 뒤에 청수진인을 다시 만났을 때를 생각하면 청화에게 화풀이를 해서는 또 귀찮고 고단해질 것이다.

그러니 짜증의 방향은 의혈단을 향할 수밖에 없었다.

"아! 빨리 걸어!"

"예? 예!"

의혈단 때문에 속도가 느려졌다.

그것이 이현을 짜증 나게 하는 또 다른 이유이기도 했다.

"어떻게 된 놈들이 말 탈 줄 아는 놈이 없어?"

"아무래도 전 전직이 산적이었던지라……."

"저는 서류 작업밖에 할 줄을 몰라서……."

말을 구하려고 했다.

벌어온 돈이 꽤 되니 저마다 말 한 마리씩 타고 달리면 그나마 느려진 속도를 보완할 수 있었다.

하지만 말 탈 줄 아는 인간이 없다.

비싼 교통수단인 말을 그들이 언제 타 보았겠는가. 아니, 타 보긴 했을 것이다. 제대로 된 승마술을 배운 적이 없어서 문제지.

"하다못해 신법도 제대로 익힌 인간이 없어!"

"산은 잘 타는데…… 아무래도 평지는 어색해서……."

"아까 말씀드렸다시피 저는 서류 작업밖에 안 해서."

몇몇은 신법을 익혔다.

하지만 대다수가 제대로 된 신법을 익히지 못한 인간들이다.

당연한 일이다.

산적이 산만 잘 타면 된다. 파락호도 좁은 골목길로 도망만 잘 치면 된다.

그러니 제대로 된 신법을 익힌 인간이 적을 수밖에.

실지로 제대로 된 신법을 구하는 것이 더 큰 문제였지만 그것은 논외로 쳤다.

"뚜벅이도 모자라 기어가야 한다니!"

이현의 입에서는 계속해서 불만만 튀어나왔다.

세상천지가 불만으로 가득 찬 이현이다.

하지만 꼭 있다.

분위기 파악 못 하고 눈치 없는 인간이.

"저…… 식사 때가 되긴 했는데…… 끼니는?"

가뜩이나 이동 속도 느리다고 불만인 이현에게 끼니까지 챙겨 먹자고 한다.

물론, 이현이 그것을 고운 마음으로 받아들일 리 없다.

"굶어!"

"옙!"

짧은 한마디로 일축했다.

"……."

살기등등한 이현의 기세에 눈치 없던 의혈단의 일원도 조용히 입을 다물었다.

한동안 침묵 속에서 행군이 계속될 때.

"저기, 사질아? 그런데 마적은 어떻게 찾을 거야?"

꼭 있다.

설명해 줄 때 물어보지 꼭 뒤늦게 물어보는 인간.

그 인간이 청화다.

"아! 쫌!"

"남자는 직진이다!"

이현은 직진을 고집했다.

신강이라고 황량한 벌판만 있는 것은 아니다. 산도 있고 강도 있고 호수도 있다.

다만 드물 뿐이다. 그리고 그중 산은 험하다.

하지만 이현은 무조건 직진이다.

"누굴 탓해? 말 못 타고 신법 못 쓰는 너희를 탓해야지!"

이동 속도가 현저히 떨어진다.

그래도 사람인 이상 하루에 한 끼는 먹어 줘야 하니, 자리 잡고 솥 올리고 불 때우고 요리하려면 한도 끝도 없이 시간을 잡아먹는다.

그 시간을 만회하는 것은 최단거리 주파밖에 없다.

앞에 산이 나오면 산을 넘고, 강이 나오면 강을 넘는다.

쉬운 길이 아니다.

낙오자가 생겨도 이상하지 않을 정도의 강행군이다.

그러나 다행인지 불행인지 낙오자는 나오지 않았다.

"이건 질긴 거야? 독한 거야?"

의혈단의 성격이 그랬다.

태생이 악인인지라 자신을 제외한 그 누구도 편한 꼴을 못 본다. 만인의 만인을 향한 경계. 그것이야말로 이 말도 안 되는 강행군을 한 명의 낙오자도 없이 가능하게 하는 원동력이었다.

산을 넘다가 누구 하나 쓰러지면 개처럼 끌어서라도 기어이 산을 넘게 했다.

편하게 쓰러져 낙오하는 동료를 두 눈 뜨고 볼 수 없다.

눈물 나게 끈끈한 전우애다.

내심 조금은 낙오해서 떨어져 나가길 기대했던 마음도 있었던 이현의 기대는 그렇게 무참히 빗나가 버렸다.

그렇게 이현을 선두로 한 의혈단은 꾸역꾸역 직진 일변도를 고집하며 강행군을 계속했다.

그리고.

그 성과가 있었다.

어느덧 이현과 일행은 신강의 중심부를 지나 북쪽에 더욱 가까워져 있었다.

마교의 무사들을 피해 도망친 마적들의 주 활동 지역이다.

"정말 이대로 가면 마적을 만날 수 있는 거야?"

이현의 등에 업혀 이동하는 청화가 물었다.

청화는 시종일관 밝았다.

의혈단은 헉헉거리고 반쯤 죽어 나가도 청화만큼은 항상 활기가 넘친다.

그럴 수밖에.

다리 아프다고 하면 이현이 업어 주고, 길이 험하면 이현이 업어 준다.

그러니 체력이 남아도는 것이다.

그리고 그 남아도는 체력이 불행히도 입에 몰렸다.

"어!"

"어떻게 알아?"

"그냥 알아. 너도 크면 알아."

"근데 의혈단 아저씨들은 모르잖아."

"덜 커서 그래."

"저게 덜 큰 거야? 아저씨 그럼 다 크면 얼마만 해져요? 이렇게 막 커요?"

청화가 눈이 휘둥그레져서 의혈단을 바라본다.

산적 출신이 섞인 의혈단이다. 기본적인 신장와 덩치가 어지간한 사내들보다 훨씬 크다. 그래야 겉보기에 위압감이 느껴지고 삥도 잘 뜯는다.

그런 커다란 사내들이 아직 덜 큰 거란다.

어린 청화에게는 그저 놀라울 따름이었다.

"이 산만 넘으면 마을이 나와."

과거 야율한의 시작점이었던 신강이다.

신강의 지형은 빠삭하다.

과거가 바뀌고 현재가 바뀌어도 지형이 바뀌지는 않는
다.

길을 잃은 염려 따위는 없었다.

"겉으로 보기에는 산양이나 키우는 평범한 마을처럼 보
이지만 사실 적조(赤鳥)라는 마적과 거래하는 곳이다. 마적
들은 그런 마을을 둥지라고 불러. 그 둥지를 기점으로 서북
쪽으로 삼십 리만 올라가면 우각호가……."

이현은 말을 멈추었다.

우뚝.

걸음 또한 덩달아 멈추었다.

산 아래.

이현이 말처럼 산 아래 먼 곳에 마을이 보였다.

그런데.

마을이 불타오르고 있었다.

늦은 저녁이었기에 타오르는 불길은 더욱더 선명하게 보
인다.

약육강식의 세계인 신강에선 흔히 있는 일이다.

하지만.

'마적들은 둥지는 공격하지 않는다!'

같은 마적끼리 전쟁을 벌여도.

둥지는 건드리지 않는다.

거점이다.

기존의 마적들을 몰아내면 그 거점은 새로 차지한 마적들의 둥지가 된다.

너른 벌판을 오가면 약탈질을 하는 마적이라도 식량을 제때 보급받아야 단체를 유지할 수 있기 때문이다.

그런데.

그 둥지가 지금 불타고 있었다.

마적이 아니다.

'마교.'

마교였다.

*　　　*　　　*

추혈검대 사(四) 조장. 추면살도 손추삼은 마을을 불태우고 있었다.

추확!

톱니처럼 생긴 그의 도에 어린아이의 목이 떨어져 나갔다.

"죽여라! 마적과 연관된 마을이다! 계집을 취하지도 마라! 살아 있는 것은 개도, 아이도 전부 죽인다!"

마적을 추적해 신강을 휘젓고 다니고 있는 마교의 무사들이다.

손추삼도 마적을 추적해 이 마을까지 왔다.

증거는 확실하다.

아니, 증거가 없어도 상관없다.

정황과 심증만 있어도 충분했다.

마을을 불태우고, 살아 있는 것은 모두 죽인다.

이곳에 마을이 있었다는 흔적조차도 남기지 않는다.

그것이 멸(滅).

천마의 명령이었다.

그러니 사정을 둘 이유도, 그럴 필요도 없었다.

그것은 그의 조원들 또한 마찬가지였다.

콰득!

마졸의 발에 아이의 머리가 짓밟혀 터졌다.

이미 목이 떨어져 바닥을 구르던 아이의 머리가, 도망치는 사람들을 쫓아 뛰어가던 마졸의 발에 짓밟힌 것이다.

하지만 마졸은 신경 쓰지 않았다.

아니, 누구도 신경 쓰지 않았다는 말이 맞을 것이다.

마을 사람들은 살아남기 위해 바빴고, 마교도들은 그들

을 추살하느라 혈안이 되어 있었으니까.

"석아!"

다만, 아이의 어미만은 그럴 수 없었다.

꾀죄죄한 몰골 아이의 어미는 터져 버린 아이의 머리를 보고 정신을 놓았다.

이곳이 생과 사가 오가는 아수라장이란 사실조차 잊고 터진 아이의 머리를 품에 안기 위해 마을을 가로질렀다.

하지만.

콰직!

마졸이 그것을 가만히 두고 볼 리 없었다.

그대로 휘두른 철퇴가 어미의 머리를 으깨고 틀어박혔다.

머리를 잃은 어미의 몸이 쓰러지는 것을, 마졸은 발로 차밀어내고 또 다른 사냥감을 찾아 몸을 움직였다.

그때였다.

쒜엑!

화살 소리.

쒜에엑! 쒜엑! 쒝!

하나가 아니다.

수십 대의 화살이 어디선가 날아와 마교도들의 머리를 겨누고 쏟아졌다.

"마적이다!"

그리고 누군가의 외침.

"말에 올라라!"

날아오는 화살을 칼로 쳐 낸 손추삼이 소리쳤다.

"본대에 신호를 보내라!"

신법을 활용해 날듯 뛰어올라 말 위에 오른 손추삼의 명령은 신속했다.

펑! 퍼퍼펑!

허공에 신호탄이 쏘아졌다.

그리 멀지 않은 곳에 본대가 있다. 그리 머지않은 시간에 합류하여 마적들을 몰살시킬 수 있을 정도다.

"놓치지 마라!"

손추삼이 말을 달렸다.

그 뒤를 이어 그의 조원들이 따라붙었다. 몇몇은 말을 화살에 말을 잃었는지 다른 조원의 말 뒤에 올라타 추격에 합류했다.

그리고.

"적이 도망친다!"

처음 화살을 쏘아내고 그 모습을 지켜보던 마적들이 말 머리를 돌렸다.

말을 부리는 일 만큼은 저 멀리 장성 너머의 오랑캐들만큼이나 능숙한 마적들이다.

그들이 말머리를 돌리자 손추삼의 마음도 다급해졌다.

"추격한다! 우리가 붙잡아 두어야 본대가 합류할 것이
야!"

붙잡아 두지 못하면 놓친다.

놓치게 되면 본대가 합류한다 하여도 의미가 없다.

다시 마적들의 흔적을 쫓느라 고생해야 한다.

손추삼은 서둘러 말을 몰아 마적들의 그림자를 쫓아 달
렸다.

쫓고 쫓기는 추격전이었다.

한쪽은 기마에 능한 마적들이고, 한쪽은 무공이 뛰어난
마교도다.

마교도는 부족한 승마술을 무공으로 채웠다.

암기를 날리고, 창을 날려 도망치는 마적들의 속도를 지
체시켰다.

그러나 좀처럼 잡힐 듯 잡히지 않는다.

마적들이 중간에 경로를 이리 틀고 저리 꺾으며 혼란을
주었기 때문이다.

그렇게 얼마나 달렸을까.

저 멀리 녹색 강이 보인다.

아니, 안력을 돋우어 살펴보니 녹색 강이 아니다. 강이 녹색인 것은 그 안을 가득 채우고 있는 녹조 때문이었다.

강이 앞을 막는다.

폭이 넓은 것은 아니었으나, 말이 단번에 뛰어넘을 수 있을 만큼 좁은 것도 아니다. 적어도 세 번의 도약을 연속으로 하지 않는 이상 강을 뛰어 넘기란 불가능했다.

그리고.

말은 물을 무서워한다.

'잡았다!'

손추삼은 속으로 쾌재를 외쳤다.

이제 마적들이 도망칠 곳은 없다고 생각했다.

하지만.

촤화아아아아아악!

마적들은 그대로 돌파했다.

"무슨!"

손추삼의 입에서 당황한 음성이 튀어나왔다.

말이 물 위를 달린다.

강이 깊지 않을 리 없다. 안력을 돋우어 확인해 본 결과 그 깊이가 적지 않다. 적어도 어깨높이다. 그런데 그 위를 마적들은 마치 물웅덩이를 밟고 지나듯 지나고 있다.

'어떻게 된 일인가!'

쉽게 가늠이 가질 않는다.

하지만 판단을 내려야 했다.

'어떤 속임수인지 모른다.'

불확실한 위험을 떠안을 필요는 없다.

"말을 세워라!"

손추삼은 말을 세우는 쪽을 선택했다.

'우선!'

동시에 손을 뻗어 말 뒷 안장에 매여 있던 단창을 잡아 던졌다.

쒜엑!

정통으로 맞지는 않았지만 앞서 도망치던 마적의 어깨를 스치고 지나가기는 충분했다. 얼핏 날아가 땅에 박힌 창날에 붉은빛이 도는 것을 보면 생채기 정도는 낸 듯했다.

그리고.

다행히 판단은 늦지 않았는지 말은 강물 바로 앞에서 멈춰 섰다.

"얕은수를⋯⋯!"

그제야 손추삼의 눈에도 들어온다.

강을 가득 채운 녹조.

그 때문에 안력을 돋우어도 멀리 선 확인할 수 없었다.

하지만 가까이서 확인한 지금은 알 수 있다.

"강 밑에 징검다리를 깔아 놓았구나!"

여러 개의 나무판자 양 끝을 줄에 엮어 수면 아래에 숨겨 두었다. 그 위에 물풀을 깔아 녹조로 가득 찬 호수와 같은 보호색을 띠게 하였다.

'강이 아니고 우각호군.'

강의 물길이 바뀌며 소뿔 모양의 호수가 생긴다. 물이 흐르지 않으니 혼탁해질 수밖에 없다.

얕은수지만 절묘했다.

다리의 존재를 모른 채 마적들이 물 위를 지난 것만 생각하고 달렸더라면, 그대로 호수에 빠졌을 것이다. 아니, 말을 멈춘 지금도 좁은 징검다리 위를 건널 자신은 없다.

"말에서 내린다. 징검다리를 통해 건넌다! 놈들을 놓치지 마라!"

손추삼의 명령은 재빨랐다.

촤확! 촤악!

마적들에게는 신묘한 기마술이 있다면, 손추삼과 그의 조원들에게는 신묘한 신법이 있다.

두어 번의 도약.

그것만으로도 강을 건너는 데는 충분했다.

하지만.

"조장님 저기 보십시오!"

패착이었다.

강을 건너는 그 순간 저 멀리서 두 개의 인마가 다가와 멈추지도 않고 그들이 타고 온 말고삐를 채고 달아나버렸다.

반대로.

건너온 강 너머로는 아무도 없었다.

그들이 강을 건너는 그 짧은 순간에 이미 말을 몰고 내빼 버린 뒤였다.

말의 부담을 줄이기 위해 무기까지 내버린 것을 보면 애초부터 말을 빼앗기 위한 계략인 듯했다.

넓고 황량한 신강의 지리를 알지 못하면서 말없이 움직인다는 것은 곧 죽음을 의미하는 것이었으니까.

'누군지 몰라도 머리 좋은 놈이 있다.'

생각은 마쳤다.

하지만 실망하지는 않았다.

"추종향을 묻혀 두었다. 본대가 오는 대로 곧 추살을 재개한다!"

강을 건너는 마적을 향해 날린 창.

그 창끝에 추종향이 묻혀 놓았었다.

어깨에 상처를 내고 혈관에까지 추종향이 스며들었을 것이니, 그 냄새를 지우기는 쉽지 않을 것이다.

이 정도면 그의 상관이 오더라도 책망하지 못할 것이다.

아니, 아니다.

"차라리 잘 되었군. 안심한 놈들이 본거지로 돌아간다면 그대로 일망타진할 수 있을 테니까."

귀찮게 하나하나 쫓으며 죽이지 않아도 된다.

추종향이 묻은 놈이 본거지로 숨어들면 그대로 본거지를 급습하면 그만이다.

거기까지 생각이 미치자 손추삼의 입가에도 웃음이 걸렸다.

"일이 쉽게 풀렸……!"

일이 쉽게 풀렸다.

그 말을 하려고 했다. 하지만 손추삼의 말은 이어지지 못했다.

까드드득!

그의 고개가 강력한 힘에 꺾여 돌아갔다.

"웬 놈이냐!"

대기 명령에 숨을 돌리던 나머지 조원들이 급히 검을 뽑았다.

그런 그들의 앞에 사내가 있었다.

도포를 차려입은 사내.

한 손에는 검을.

그리고 나머지 한 손에는 거도를 쥐고 척하니 어깨 위로 걸친 사내.

씨익!

그가 웃었다.

"나? 지금은 이현이라고 해 두지."

이현이었다.

죽인다.

죽든 말든 상관없다.

그 차이는 크다.

작게는 손안에 살기가 담기느냐 담기지 않느냐의 차이었지만, 크게는 그의 손에 누군가 죽느냐 안 죽느냐의 차이였으니까.

그리고.

이현은 산적들을 상대할 때와 달리 이번엔 죽인다는 마음으로 움직였다.

추확!

검이 달려오던 마졸의 목줄을 베고 지나가자 피 분수가 솟아올랐다.

마졸은 아직 숨이 끊어지지 않았는지 피가 솟아나는 목을 붙잡고 발버둥쳤지만, 이현은 이미 그 자리에 없었다.

콰드드득!

스치듯 목 베인 마졸을 지나간 이현은 다음 상대를 항해 패천을 휘둘렀다.

패천에 담긴 무식한 힘에 마졸의 어깨가 함몰되는 듯하다. 그대로 뜯겨 나가듯 갈라졌다.

이현은 그대로 패천에 힘을 실어 몸을 띄웠다.

퍽! 퍼퍽! 퍽!

그대로 허공에 떠오른 상태에서 마졸들의 어깨를 밟고 지나간다.

발에 담긴 공력에 어깨가 부서지고, 추수하듯 휘두르는 양손에 마졸들의 머리가 바닥으로 떨어져 내렸다.

마교의 일개 조를 모두 죽이는 데에는 그리 오랜 시간이 걸리지 않았다.

반 다경.

아니, 그것도 많다.

턱썩!

마지막으로 쓰러지는 마졸의 몸뚱이를 뒤로하고.

찰박! 찰박!

마졸들이 흘린 피로 웅덩이진 바닥 위를 이현은 걸었다.

이현의 걸음이 멈춘 곳은 우각호였다.

"호오! 하여간 우리 옥분이 이런 머리는 좋아?"

우각호에 숨겨진 징검다리.

한눈에 그것이 옥분의 머리에서 나온 생각임을 눈치챘다.

과거 그를 경험했기에 알 수 있다.

"오는군."

그러는 사이.

다그닥! 다그닥! 다그닥!

누군가 왔다.

말이 많다. 그 많은 말 위에 하나씩 사람이 올라타 있다.

하나같이 말 안장 뒤에는 짧은 궁과 연노가 달려 있고, 상체엔 가죽으로 만든 외투가, 머리에는 무두질하지 않은 가죽 모자가 씌워져 있었다.

마적이다.

적조(赤鳥).

이현이 찾던 그 마적 떼다.

그중 하나가 말을 몰아 선두에 섰다.

"누구십니까?"

씨익!

이현은 웃었다.

"오랜만이다. 옥분아!"

선두에서 말을 걸어온 이의 얼굴은 참으로 반가운 얼굴

이었다.

"오랜만이다. 옥분아!"

이현의 반가운 인사.

하지만 옥분이란 이름을 가진 이는 여인이 아니었다. 사
내였다. 그것도 아주 건장한. 어지간한 장신의 사내보다 머
리 하나는 큰 키에 통나무 같은 팔다리를 가진 사내.

온몸에는 흉물스러운 칼자국이 난자한.

언제나 느끼는 것이지만 참으로 이름과 얼굴이 어울리지
않는 인간 중 하나였다. 그런 이현의 반가움의 표시에 옥분
의 얼굴에 의혹이 떠올랐다.

"……저를 아십니까? 아니, 그것보다 왜 저를 옥분이라
부르는 것입니까! 제 이름은 옥분이 아니라 옥순입니다!"

무의식중에 대답해 놓고는 또 뜬금없이 발끈한다.

그 모습마저 익숙하다.

"임마! 옥순이나 옥분이나! 계집년 같은 건 똑같아!"

"전 옥순이가 좋습니다! 그런데 누구십니까? 마교도입니
까?"

발끈하면서도 또한 경계를 늦추지 않는다.

이현은 웃었다.

"그러지 말고 너희 대장 나오라고 해."

이제.

'이제 야율한을 볼 수 있다.'

과거의 자신. 아니, 어쩌면 자신의 거죽을 뒤집어쓴 또 다른 누군가일지도 모른다. 아무튼 그토록 확인하고자 했던 그것을 이제 확인할 수 있을 것이다.

이현은 그렇게 믿었다.

그런데.

"제가 그 대장입니다만?"

예상치 못한 대답이 돌아왔다.

이현은 황당한 마음에 급히 되물었다.

"나는? 아니, 야율한은?"

호칭까지 실수하면서 되물은 말이다.

"그게 누굽니까?"

헌데 돌아오는 대답이 또 가관이다.

전혀 모르는 인물이라는 듯.

왜 그딴 인간을 자신에게 와서 찾느냐는 듯 되물어 온다.

'뭐지?'

또다시 혼란스럽다.

최근 부쩍 혼란스러운 일들이 많아졌다.

가뜩이나 머리 쓰는 일을 싫어하는 이현에게는 참으로 고욕 같은 일이다.

"그럼 마교는 어떻게 쓸었어?"

"그건 저희도 알고 싶습니다!"

"……!"

머리를 망치로 한 대 맞은 듯 멍해졌다.

뭔가 묘하게 돌아가고 있었다.

사라졌다.

과거의 내가. 아니, 야율한이.

마치 처음부터 없었던 존재인 것처럼.

그것만으로도 이해하기 어려운 일이건만, 마교를 패퇴시
킨 것으로 알려진 당사자들조차 어떻게 마교가 패퇴했는지
그 이유를 모르는 눈치였다.

'뭐가 어떻게 돌아가고 있는 거야?'

일이 이상하게 돌아간다.

무언가 어긋났다.

'왜?'

왜 어긋났는가.

그 이유를 아무리 생각해도 찾기 어려웠다.

"……."

이현이 충격에 빠져 있는 사이.

옥분은 자신의 이름을 알고 있는 이현을 눈앞에 두고 어

찌해야 할지 가늠을 하지 못하고 있었다.

아군인지, 적군인지.

또 어떻게 자신을 이름을 알고 찾아왔는지.

옥분이 알 수 없는 것들이었다.

그것이 옥분의 결정을 망설이고 있었다.

그때였다.

척. 척. 척. 척.

멀리서 인기척이 느껴졌다.

한둘이 아니다.

땅이 울린다.

이건 흡사 군대가 움직이는 듯한 기척이다.

그리고.

그 기척이 점점 가까워진다.

"주위를 경계……!"

급히 정신을 차리고 소리쳤지만, 이미 늦은 뒤였다.

강이 내려다보이는 언덕 위로 그림자가 드리워졌다.

숫자가 절대 적지 않다.

'포위당했다!'

강 건너편에는 이현이.

등 뒤에는 엄청난 숫자의 인영이 길을 막고 있다.

이 모든 것이 계략이라면.

'혈조는 여기서 끝인가?'

계획된 구도.

그렇다면 누구도 생환을 장담할 수 없다.

꿀꺽.

누군가의 침 넘김 소리가 고요한 신강의 초원을 가득 채웠다.

그리고 그때.

등 뒤를 포위한 다수의 사람 중에서 한 사람이 튀어나왔다. 큰 박도를 허리 뒤에 찬 사내의 덩치는 옥분에 못지않게 거대하고 얼굴 또한 그에 못지않게 험악하다.

그가 입을 열었다.

"도사님! 어찌합니까? 얘네도 접수합니까?"

마적 떼 혈조를 둘러싼 정체불명의 대인원.

그들의 정체는 앞서 간 이현을 쫓아온 의혈단이었다.

〈다음 권에 계속〉

독공의 대가

권이백 신무협 장편소설

ORIENTAL FANTASY STORY & ADVENTURE

짜임새 있는 전개,
유쾌한 이야기로 독자들을 사로잡다!

사냥꾼이자 독인, 두 가지 정체성을 지닌 소년 왕정.
전대미문인 그의 독공지로(毒功之路)에 주목하라!

dream books
드림북스

武

무당전생

정원 신무협 장편소설

ORIENTAL FANTASY STORY & ADVENTURE

문피아 골든 베스트 1위, 소문난 명품 무협!

환생은 했지만 재능도, 기연도 없다.
폭력과 죽음이 난무하는 무림에서 믿을 건 오직 전생의 기억.

무당파 사대제자 진양. 그가 가는 길을 주목하라!

dream
books
드림북스

『규토대제』, 『흡혈왕 바하문트』의 베스트 작가!

쥬논 판타지 장편소설

Shapiro

샤피로

쥬논 판타지 장편소설

FANTASYSTORY & ADVENTURE

불사의 비밀을 좇는
샤피로의 처절한 싸움이 시작된다!

잃어버린 기억을 찾아,
자신의 광기어린 복수를 이루기 위해!
매일 밤 사내는 흑고양이의 심장을 가진 샤피로가 되어
죽음과 환상의 경계를 넘나든다.

dream
books
드림북스

ORIENTAL FANTASY STORY & ADVENTURE
요도 김남재 신무협 장편소설

요마전설

妖魔
傳説

NAVER 웹소설 인기 무협
요도 김남재가 전하는 또 하나의 전설!

유아독존 대요괴 백호와, 천하절색의 미녀 월하린
그들이 펼치는 유쾌하고 기상천외한 강호종횡기!

dream
books
드림북스